KB012789

# 강화학개론

빈형 게임 판타지 장편소설

WISHBOOKS FANTASY STORY

# 강화학개론 11

**빈형 게임 판타지 장편소설**

초판 1쇄 찍은 날 | 2018년  5월 14일
초판 1쇄 펴낸 날 | 2018년  5월 21일

지은이 | 빈형
펴낸이 | 예경원

기획 | 위시북스
편집책임 | 이규재
편집 | 이즈플러스

펴낸곳 | 예원북스
등록번호 | 제396-2012-000132호
등록일자 | 2012. 7. 25
KFN | 제1-260호

주소 | 경기도 고양시 일산동구 호수로 646-24 위너스21 II 빌딩 206A호 (우)10401
전화 | 031-819-9431 팩스 | 031-817-9432
E-mail | yewonbooks@naver.com

ⓒ빈형, 2017

ISBN 979-11-6098-944-1 04810
　　　979-11-6098-321-0 (set)

# 강화학개론

빈형 게임 판타지 장편소설

WISHBOOKS FANTASY STORY

# 강화학개론

## CONTENTS

Episode 47. 빛과 어둠의 양아치      7

Episode 48. 사막에서 모래 팔아먹을 놈(1)      91

Episode 48. 사막에서 모래 팔아먹을 놈(2)      133

**Episode 49. 스전제전**      **181**

**Episode 50. 6차 각성**      **253**

Episode 47.

빛과 어둠의 양아치

1

"······?"

무슨 개소리지 이건?

순간 나타난 천사의 말을 다시 한번 곱씹어 보았다.

마족의 개?

"그 멍멍하는 개?"

"그런 것 같습니다."

아마도 맞겠지?

그러지 않고서야 저렇게 예쁜 얼굴에서 벌레 보듯 하는 표정은 나올 수가 없을 테니까.

"후우."

상당히 자존심이 상하는 상황이었지만 한시민은 평정심을 잃지 않았다.

그는 언제나 절제할 줄 아는 사람이다.

공과 사를 구분하며 돈을 위해서라면 간도 쓸개도 냅다 가져다가 바칠 준비도 언제든 되어 있고, 강자에겐 약하고 약자에겐 강한 아주 현실에서 살아남기에 적합한 상태!

화내기 이전에 상대가 강한지 약한지부터 파악하는 게 먼저다.

가늘게 떠진 한시민의 눈이 공중에 떠 있는 천사를 훑었다.

머리부터 발끝까지.

세 쌍의 날개가 달린 천사.

상당히 아름답고 또 동시에 강한 매력이 넘친다. 건강미랄까.

몸매가 드러나든 말든 상관없다는 듯 무심하게 걸친, 하나 상당히 비싸 보임과 동시에 고작 한 장의 천 쪼가리임에도 불구하고 치명상마저 막아줄 법한 방어구는 아무래도 다른 사람의 시선보단 그저 자신의 안위와 더불어 최소한의 예의를 갖춘 것으로 보이고, 군데군데 드러나는 자잘한 근육들은 보기 거북하지 않고 오히려 침을 삼키게 만든다.

그런 와중에 여성들의 특징인 들어갈 데 들어가고 나올 데 나온 굴곡은 두말할 것도 없고.

거기에 더해지는 보기만 해도 비싼 창.

그것이 정점이었다.

'강할 것 같다.'

그와 함께 한시민은 상황을 빠르게 판단하고 결정지었다.

사실 몇 가지 단어만으로도 충분히 추리가 가능한 상황이다.

마족의 개라며 나타났으니 그녀가 말하는 개는 한시민과 계약을 맺은 그로킬레일 가능성이 높고 그로킬레는 상급 마족, 거기에 제약까지 받지 않는 상황에 그 구체적인 힘은 방송을 통해 보았기에 그런 그의 개를 상대로 이토록 당당하게 나타날 수 있는 천사라면 강함 역시 비슷하겠지.

"그런데 천사들도 있긴 하네?"

"마계가 있으니 천계 또한 존재한다. 그곳에 존재하는 종족을 인간들은 천족이라 부르지."

"아하."

어쨌든 상황을 파악한 한시민에게 카르디안이 부연 설명을 덧붙여 주었고 상급 천족 아리아는 여전히 경계를 풀지 않은 상태에서 말을 이었다.

"그대는 무분별하게 천계와 마계 사이의 계약을 어기고 마계의 존재들을 편법으로 불러들였어요. 그로 인해 마계의 존재들이 대륙에 미치는 영향이 기하급수적으로 커졌고 이에 천

계는 더 이상 상황을 묵과할 수 없다고 판단, 제가 오게 되었
어요. 그럼, 징벌을 시작하겠습니다."

일방적인 통보.

순식간에 사라지는 신형.

"무슨……."

개소리야.

말을 마치기도 전에 한시민의 앞에 나타난 아리아의 모습
이 시야에 들어온다.

멀리서 볼 때보다 가까이서 볼 때 더 예쁜 얼굴. 잡티 하나
없는 깔끔함에 감탄이 절로 나오기도 전에 그녀의 손에 들린
창이 휘둘러진다.

훙—

빠르다!

58레벨에 비해 스텟은 거의 100대가 넘어가는 한시민마저
도 그냥 무언가가 날아온다고 느끼는 정도.

감탄이 나올 만한 실력이지만 안타까운 일은 현재 천족은
그 빠른 공격을 한시민을 향해 휘둘렀다는 것.

푹—

"……!"

묵직함이 가슴을 뚫고 들어온다.

[치명상을 입었습니다.]

[5초간 움직임이 제한됩니다.]

[사망하셨습니다.]


그리고 이어지는 홀로그램들.

정말 오랜만에 보는 반가운 얼굴들에 기쁨을 표하기도 전에 시야가 흐릿해진다.

원킬!

체력 스탯이 430이 넘어가는, 스탯 보너스 효과를 더하면 600에 달하는 그가 공격 한 방에 죽어버렸다.

물론 심장을 관통당한 이유도 있겠지만 무려 15강 방어구를 두 겹이나 두르고 있는데 그걸 뚫어버리다니.

허무함이 몰려온다.

"이런 X발……."

인생이란 역시 이런 것이구나. 강자 앞에선 한없이 나약한 게 약자네.

주마등이 몰려온다.

내가 어떻게 여기까지 왔는데. 온갖 개고생을 다 하면서 강화 스킬 얻고 여기저기 돌아다니고, 레전더리 직업 얻은 걸 기뻐할 틈도 없이 닥치는 경험치 페널티들에, 재벌들 사이에 껴서 기죽었던 시간들, 어쩌다 운이 좋아 얻은 아이템으로 인생

역전의 발판을 마련한 것부터 1년이 넘는 시간 동안 쌓였던 추억들이 스쳐 지나간다.

그리고 축 늘어진다.

사망!

['부활의 목걸이' 옵션이 발동됩니다. 부활하시겠습니까?]

그리고 부활.

창을 뽑고 바닥에 쓰러진 한시민이 조심스럽게 땅을 짚고 일어난다.

"......!"

당연히 아리아의 표정엔 황당함과 당황스러움이 함께 섞인다.

그럴 수밖에 없다. 완벽하게 죽었다고 확신한 상대가 인상을 찌푸리며 아무렇지도 않게 일어나다니.

분명 찌른 흔적은 완벽하다. 아니, 완벽했다. 완벽했는데 일어나는 한시민의 가슴은 멀쩡하다.

"아이 씨, 야!"

"......."

멀쩡하다 못해 조금의 상처도 입은 사람 같지 않다.

아리아의 고운 미간이 찡그려졌다.

상급 천족으로서, 그녀 역시 제약 없이 내려온 천족으로서
자존심이 상한다.

특히 그녀는 전투에 특화된 천족이 아니던가. 그런 천족이
마족에게 투항한 인간 하나 제대로 처리하지 못하다니.

다시 창을 든다.

문답무용!

죽지 않았으면 또 한 번 죽이면 그만이다.

그런 그녀의 행동을 보며 한시민은 이번엔 실수를 범하지
않았다.

"잠깐! 찌르지 마! 난 마족의 개가 아니야!"

"자신이 마족의 개라고 홍보하고 다니는 사람은 없죠."

"아니, 이거 보라고! 이거! 성역!"

"……?"

그리고 내밀었다.

성역이 담긴 매개체를, 죽는 순간까지 혹여 떨어뜨리기라
도 할까 노심초사하며 꼭 쥐고 놓지 않았던 그 물건을.

이번엔 목을 칠 생각이었는지 어느새 한시민의 목까지 다
다른 창이 가까스로 목을 베기 전 멈춰 섰다.

이미 한 번 겪었지만 식은땀이 날 정도로 빠르고 정확하다.

15강 방어구를 두 겹이나 꼈음에도 뚫어버릴 공격력인데
아무런 대처가 되어 있지 않은 목쯤이야 두부 썰듯 베어버릴

것이다.

침이 절로 삼켜졌지만 티를 내진 않았다.

그는 당당하다. 그로킬레와 연이 어찌 닿긴 했지만 그녀가 주장하는 개는 아니다. 개가 아닌데 쫄 필요가 뭐가 있겠는가. 오히려 피해자는 그다.

"그것은……."

"그래! 성역! 인마! 성역이라고! 넌 마족의 개가 성역 강화 하러 다니는 거 봤냐? 어?"

"……."

순간 아리아의 머릿속이 혼란스러워졌다.

너무나도 큰 확신을 갖고 왔는데 막상 마주하니 그게 아닌 것 같다.

분명 처음엔 검은 로브를 둘러싼 무리를 보고 맞게 찾아왔 구나 싶었는데 그들에게서 느껴지는 흑마력이라고는 조금도 없고, 오히려 신성력마저 느껴지는 게 조금 이상하다고는 싶 었는데 그래도 그들이 주범인 것은 확실해 처단하려 했건만.

이렇게 죽지 않고 자신의 결백을 주장까지 하니 당황할 수 밖에.

게다가 여기서 그녀의 단점이 드러났다.

전투에 특화된 천사!

"그러면…… 마족의 개는 아닌 건가요?"

"야! 이씨. 내 말을 귓구멍으로 처먹었냐! 성역 강화하러 다니고 있다고! 지금 마족들이 전쟁에 참여해서 상황이 안 좋으니까!"

"……아."

"아는 무슨 아야. 이 덜떨어진 천사 새끼야. 너 때문에 내 예비 목숨 날아갔는데 어쩔 거야!"

"아, 그게……."

자신이 맞다 생각한 게 흔들린 순간 그녀는 한시민의 페이스에 넘어가고 말았다.

물론 그녀가 아예 바보는 아니다. 하지만 상대가 너무 당당했다.

"거기다 여기 신이 인정한 성녀까지 있는데 뭐? 마족의 개? 세상에나. 성녀에게 마족의 개라니. 당신 천사 맞아? 어?"

"……."

"성녀님, 보여주시지요."

큰소리하면 절대 어디서 꿇리지 않는 그가 빼액이까지 대동해 신성 마법을 보여준다.

게다가 곁에 있던, 이제는 양아치가 다 된 성기사들과 사제들도 자신들의 신성력을 보여준다.

그렇게까지 했는데 더 이상 의심을 하는 건 정말 나타난 아리아가 마족이 아닐까 의심이 드는 수준이라 고개를 숙였다.

그제야 미안함이 몰려왔다.

"미안해요. 하지만 분명……."

"그래, 뭐 마족들이 나오긴 했지. 그런데 그건 다 죽이기 위해 소환한 거라고."

"……."

"아니, 뭐 제대로 알아보지도 않고 와서 애먼 사람 죽이고 있어. 지금 상급 마족이라는 놈이 나랑 비슷한 방법으로 지 부하들 불러내서 인간들 학살하고 있는데. 이거 완전 천계는 개 또라이들만 모인 곳 아냐?"

입이 열 개여도 할 말이 없다.

특히 한시민은 상대를 매도하는 데엔 아주 일가견이 있는 친구다. 거기다 예비 목숨마저 한 방에 날려 버렸으니 감정까지 아주 잘 실려 있고.

"너!"

"……예?"

그제야 상황을 파악한 아리아가 박력 넘치는 외침에 한 걸음 물러서며 소심하게 대답했다.

그녀는 천족이다.

균형을 수호하고 악을 처단하는데 거침이 없는 여전사지만 그렇지 않은 상황에선 영락없는 천사!

"후, 아무리 생각해도 안 되겠어. 넌 벌을 좀 받아야겠어.

그렇지? 동의하지?"

"……."

"안 해? 그럼 물어내."

"……뭘요?"

"내 목숨!"

"……."

"벌을 받아야겠어, 말아야겠어."

한번 잡은 약점은 절대 놓지 않는다.

상대방의 의사 따위는 묻지도 않은 채 한시민이 성큼성큼 아리아에게 다가갔다. 그리고 까닥인다. 공중에 떠 있던 아리아가 찝찝한 표정으로 순순히 따른다. 내려온 그녀에게 한시민이 아공간에서 무언가를 꺼낸다.

"아니! 그건!"

그와 함께 조용히 미소와 함께 한시민의 죽음을 감상하던 카르디안에게서 반응이 왔다.

"잠깐!"

"뭘 잠깐이야. 나 죽을 때 구경만 하던 게."

"……."

억울했지만 토를 달 순 없었다. 확실히 가만히 있었다는 건 부정할 수 없었으니까.

물론 변명하자면 충분히 할 수 있다. 제약도 없이 넘어온 상급 천사와 제약이 걸려 있는 블랙 드래곤의 차이가 존재하기에.

그녀 역시 상급 천사의 움직임을 따라잡고 한시민을 보호하기엔 무리가 있다. 하나 그의 죽음을 보며 왠지 모를 통쾌함을 느낀 것도 사실이다.

거기에 한시민의 기분도 상당히 좋지 않은 것으로 보여 입술을 삐죽 내미는 선에서 불만을 드러내고 끝냈다.

"저건 또 언제 가져온 거지."

그녀의 레어에 쌓여 있던 보물 중 하나.

이제야 모습을 드러냈는데 하필 저놈의 손에 있다니. 되찾는 건 무리겠지.

그런 생각과 함께 괜스레 상급 천족이 불쌍해졌다.

"자, 이거 목에 껴."

"……?"

"네가 날 공격하지 못하게 만드는 아티팩트야. 난 억울하게 이미 한 번 죽었는데 또 죽으면 억울하잖아. 사전에 싹을 차단해야지."

그러는 사이 아리아의 목엔 투박한 가죽이 씌워졌다. 뭐라 표현하기도 어려운 그냥 가죽 천이었다. 그런 게 매듭을 묶자마자 언제 그랬냐는 듯 그녀의 목에 안착되며 목을 감싼다.

"그래 봬도 나름 13강까지 한 아이템이니까 호신용으로도 좋을 거야."

"이게 뭔데요?"

"말했잖아. 날 공격하지 못하게 만드는 물건이라고."

"……."

"애들아, 신참 왔으니 로브 하나 줘라."

그리고 착용하자마자 흥분하던 한시민의 모습은 온데간데 없어졌다.

내미는 검은 로브와 뻗어지는 손.

"그 천 쪼가리 벗고 이거 입어. 창도 반납하고."

한시민의 태도는 어느새 약자를 대하는 모드로 변해 있었다.

2

한시민이 아리아에게 씌운 목걸이는 별거 아니다.

"나보고 개라니까 갑자기 이게 생각나서."

"……내가 가장 아끼는 아티팩트 중 하나였는데."

"어차피 내가 꺼내기 전까지 기억하지도 못했었잖아."

"그래도 그걸 사용하다니. 너무했다, 인간."

"어차피 네 건 내 건데 뭐. 왜? 꼬우세요?"

"……아니다."

"그래, 서로 돕고 사는 세상인데 좀 가져다 쓰자. 그래도 내가 거기에 네 물건을 대신해서 네가 쉽게 구하지 못하는 물건들로 빵빵하게 채워놨잖아?"

"……."

무려 드래곤의 레어에 있던 아티팩트!

거기에 스페셜 등급까지 판정받은 물건!

일명 개목걸이!


**[+13 종속의 밧줄]**

* 등급: Special

* 특수 옵션 1: 상호 간 합의된 자에게 종속의 인장을 맺는 밧줄을 씌울 수 있다.

* 특수 옵션 2: 종속된 자는 밧줄의 주인에게 복종을 맹세한다.

* 특수 옵션 3: 종속의 인장은 종속된 자 혹은 피종속 인이 소멸할 때까지 유지된다.


옵션은 뭐 이렇다.

별다른 옵션이라고는 없고 그냥 특수한 옵션이 달린 아이템.

다른 옵션도 없고 특수 옵션만 무려 3개나 달린 주제에 별 쓸모도 없어 보일 수도 있지만 상호 간에 합의만 된다면 얼마든지 엄청난 물건으로 변할 수 있는 아이템이다. 실제로 한시민도 아리아에게 아주 훌륭하게 밧줄을 씌웠고.

밧줄이라고 보기엔 그냥 목을 덮는 따뜻한 가죽 천 같아 보이지만 어쨌든 그녀의 목엔 종속의 밧줄이 걸렸다. 마족을 계약 내용도 확인하지 않고 도장을 찍게 한 데 이은 자신의 목숨을 담보로 어깃장을 놓으며 건 개목걸이!

"이걸 정말 입어야 하나요?"

"벗고 다닐래?"

"어찌 천족에게 이런 모욕을……."

"모욕은 내가 당했지. 왜 죽는지도 모르고 찔려 죽는 그 수치감은 아직도 생각하면 온몸이 떨린다."

"……그건 정말 죄송해요. 하지만 이런 식으로 천족을 핍박한다면……."

"한다면 뭐?"

"천벌을 받으실 수도 있어요."

주섬주섬 보는 눈이 많음에도 거침없이 입고 있던 천 쪼가리를 내리는 아리아가 진지한 표정으로 한시민에게 경고했다. 그 표정엔 진심이 담겨 있었다.

모두들 시선을 돌렸지만 한시민만은 시선을 돌리지 않고 그녀의 눈을 마주했다.

아니, 눈동자에만 고정되지는 않았다. 그도 남자인지라 위아래로 왔다 갔다 했지만 어쨌든 경고는 그에게 먹히지 않았다.

"빌어먹을 신이라 해봐야 베타고 그 새낀데 뭐, 게임 시작할 때부터 워낙 엿 먹은 게 많아서 이제는 별로 무섭지도 않다. 계정 삭제 정도라면 모를까. 그거야 내가 막을 수 있는 것도 아니고."

"……."

"자, 얼른 이거나 입어."

"너무하세요."

"다시 한번 말하지만 너무한 건 너야. 이런 시방. 상급 천족을 테이밍하면 뭐 해. 당장 내 예비 목숨이 하나 날아갔는데."

애초에 신을 믿지 않는 것은 기본 베이스. 거기에 더해지는 그의 믿음인 부활의 목걸이가 빠졌다는 상실감 때문.

어차피 죽어서 떨어뜨리는 아이템은 대비가 되어 있고 레벨이야 올리길 포기한 지 오래니 상관은 없지만 요즘 같은 시국에 죽음은 곧 직접적인 손실로 이어지기에 조심해야 한다.

이틀.

당장 한시민의 머릿속에 있는 계획만 옮겨도 수백억대의 돈을 만질 수 있는데 죽어서 이틀을 그대로 밖에서 통제할 수 없는 상황에 자신을 가둬놓고 지켜만 본다는 건 정말 너무 고통스러운 일일 테니까.

해서 진심으로 기분이 좋지 못한 것이다.

"이런 무식하게 힘만 센 천사 따위를 어디다 써."

"……."

"다짜고짜 사람이나 죽여대는 천사랑 내 목숨이랑 바꾸다니. 하. 시민이 인생도 여간 재수가 없구나."

그래도 뭐 어쩌겠나.

부활의 목걸이의 효과는 이미 빠졌고 천사는 그의 손에 들어왔다.

"야!"

"……네."

"옆에서 엄호 잘해. 나 만약 진짜 조금이라도, 티끌만큼이라도 죽을 거 같으면 너 그냥 바로 흑마법사들한테 던져 준다? 저항도 못 하게 명령하는 거 일도 아닌 거 알지?"

"……."

"뭐, 상급 천족이니 그런 아티팩트쯤 풀 수 있다고 착각하면 큰 오산이야. 이미 해봤겠지만 그거 여기 취향 이상한 블랙 드래곤이 직접 수집할 만큼 좋은 거니까 괜히 힘 빼지 말고 말 잘 들어라."

어찌 됐든 닥친 상황에서 최선의 결과를 끌어내도록 노력해 봐야지.

아까보다 한층 짜증이 섞인 목소리와 발걸음에 별동대는

저도 모르게 비상사태가 되어 침묵을 유지했다.

그러면서 원망의 시선들이 하나둘 아리아에게 향했다.

상급 천족이자 천사처럼 생긴 외모!

시커먼 남정네들만 가득한 별동대에선 쉽게 나올 만한 분위기는 아니지만 아쉽게도 그보다는 한시민의 지랄이 더 무서운 그들이기에 어쩔 수 없었다.

"……."

상급 천족 아리아는 멋있게 등장한 지 채 1시간도 되기 전에 눈칫밥을 먹는 존재로 전락했다.

전장은 아수라장이었다.

그로킬레가 합류하고 그가 열심히 모은 마족들과 더불어 몬스터들까지.

원래 아수라장은 인간보다는 마족이 더 좋아한다. 그렇기에 흑마법사들이 유리할 수밖에 없었다.

애초에 그들은 마법사다. 비록 거친 삶을 살아오며 근접전 또한 자기 몸 하나쯤은 지킬 만큼 단련하긴 했지만 가만히 앉아서 흑마법을 쓰는 것만큼 잘하진 않는다.

든든하게 앞에서 시선을 끌어주는 마족과 몬스터들.

전쟁이라고 마력 포션을 잔뜩 챙겨온 흑마법사들에게 두려울 것이 무엇 있겠는가.

한참을 싸우다 대륙군은 물러설 수밖에 없었다.

잠깐의 대치가 이루어졌다. 흑마법사들도 쉽사리 함부로 달려들 수 없는 상황이었다.

그들에게 유리한 전장은 저주와 역병이 펼쳐지고 마족들과 몬스터들이 활개를 치는 땅이다.

그렇지 않은 곳에선 여전히 대륙군 또한 뒤에서 사제들이 축복해 주고 마법사들이 서포트해 주며 기사들이 언제 돌진할 것인지에 대해 타이밍을 계속해서 잡고 있다.

물론 그대로 돌진해 피를 흘리게 해도 된다. 하나 이왕이면 더 많은 피를 만드는 게 좋지 않겠는가. 무작정 흑마법사들에게 승산이 없는 전쟁도 아니고.

마족들의 등장으로 희망이 보였다. 어쩌면, 잘만 싸우면 이길 수도 있다는 계산까지 나온 마당에 괜히 감수하지 않아도 될 위험을 감수할 필요는 없다.

그렇기에 서로 간에 휴식 시간이 주어졌다. 스페셜리스트 역시 일선에서 싸우다 돌아와 목을 축였다.

그들의 몸엔 피가 범벅이었다.

흑마법사들 사이에서 몬스터들과 함께 유저와 인간을 죽이는 기분이란.

"끝내준다. 진짜 내 평생 이런 게임을 할 수 있을 줄이야. 완전 짱이야."

"너무 흥분하지 말고 천천히 싸워. 그러다 죽으면 메인 퀘스트도 끝이야."

"응, 알지. 언니. 그래도 너무 재미있잖아. 세상에. 악당 편에서 이렇게 재미있게 싸울 수 있는 게임이 어디 있어?"

완전 끝내줬다.

끝내줄 수밖에 없었다. 인간은 누구나 본능에 그런 면이 존재하니까.

악당의 편에 서서 남의 눈치 보지 않고 마음껏 행동하고 싶다!

그러지 못하는 이유는 양심의 가책 따위 때문이 아니다.

사회적인 시선과 개인에게 돌아올 손해!

하지만 이곳엔 그런 게 없다.

말로만 떠드는 현실성이 아니라 진짜 무엇이든 원하는 대로 플레이할 수 있는 세상!

물론 그 현실성에는 마찬가지로 대가가 따르긴 한다. 따르지만 현실처럼 무조건적인 행동을 강요하진 않는다. 그것 때문에 눈치를 보고 대륙 편에 설 필요가 없다.

"다음에 싸울 때를 위해 소모품 좀 챙겨야겠어. 마력이 너무 딸려."

"어휴, 또 시작이네."

"내버려 둬. 경험치도 잘 오르던데."

그리고 그건 다른 흑마법사 편에 선 유저들 또한 마찬가지였다.

그들은 자기들끼리 떠드는 것을 넘어 커뮤니티에도 글을 올렸다.

그게 결코 이상한 게 아닌 게임!

얼마나 신나는가!

그런 흥분과 함께 흑마법사 진영의 사기는 하늘을 찔렀다.

이미 첫 번째 전투에서 불리한, 패배가 확실한 전쟁을 이길 수도 있다는 희망을 보았기 때문!

축제가 벌어졌다.

여전히 흑마법사들의 숫자는 대륙군보다 10배 이상 적지만, 그게 뭐가 중요하겠는가! 중요한 것은 그렇게 많은 숫자를 보유한 대륙군이라 해도 초상집처럼 침울한 분위기가 저 멀리 흑마법사의 진영까지 느껴진다는 것이다. 덕분에 단연 승리의 주역인 그로킬레는 찬양받았다.

"크하하하하! 하찮은 인간들 따위, 내 뒤에서 귀찮은 공격들만 막아준다면 모조리 죽여주겠다!"

"와아아아아!"

"교황 따위가 와도 날 막을 순 없을 것이다!"

그의 자신감은 하늘을 찔렀다.

어느새 머릿속엔 잠시나마 악연으로 얽혔던 한시민에 대한 기억이 흐릿해지고 있었다.

가까이에 다가온 줄도 모르고.

3

"어휴. 가관이네요, 가관."

"……."

"역시 내가 없으면 아무것도 안 된다니까."

싸늘한 기운이 감도는 전장.

누구 하나 섣불리 말을 꺼내지 못한 채 눈치만 보고 있는 수 뇌부 한가운데.

이제껏 단 한 번의 패배도 경험하지 않은 황제의 앞에서 여 유롭게 말을 내뱉는 모습에 주변 사람들이 침을 삼킨다.

그들 또한 평상시엔 황제와 독대를 하고 또 황제에게 무언 가를 요구할 정도로 높은 위치에 있는 사람들이지만 감히 지 금처럼 무언가 말을 꺼내기 조심스러운 분위기인 마당에 이 런 도발이라니.

게다가 아직 패배한 것도 아니다.

"아직 끝나지 않았다."

황제 또한 알기에 화를 내지 않았다.

확실히 이런 분위기는 좋지 않다. 첫 싸움에 기세가 결정 나는 것도 맞고 이미 많은 피해를 입은 마당에 분위기를 띄운다고 될 문제도 아니지만 확실히 너무 다운된 경향이 없지 않아 있다.

한시민의 몇 마디에 황제가 툴툴 털고 일어났다.

전혀 의도치 않았던 한시민이 그런 것 따위 관심도 없다는 듯하던 이야기를 계속 이었다.

"보니까 마족들도 나타나고 난리가 아니던데. 어떻게, 저라도 도와드릴까요?"

"도와준다?"

"아, 물론 대륙의 운명이 걸린 전쟁에서 돈을 받고 뭐 어떻게 용병을 뛰겠다는 말은 아니고요. 어차피 제가 데리고 있는 황실 기사들이나 성기사들도 다 협찬받은 마당에, 공짜로 뛰는 건 뛰는 건데 제가 개인적으로 소유하고 있는 아티팩트들을 돈을 받고 대여한다. 뭐 이런 말씀이죠."

"……."

"들으면 혹하실걸요? 지금 같은 때 딱 필요한 아티팩트를 하나 들고 왔거든요. 다른 것들도 준비 중이고."

"어떤?"

황제가 장난스러운 한시민의 말을 진중하게 받아쳤다.

저렇듯 말해도 언제나 쓸모없는 걸로 사람을 낚는 놈은 아니다.

특히 작금의 상황은 한시민 같은 돈벌레들이 돈을 벌기 가장 좋은 시점이 아닌가.

그런 황제의 반응에 만족한 한시민이 주변 눈치를 보더니 슬쩍 황제에게 접근했다.

원래 황제에게 근접할 수 있는 것은 공주뿐이지만 황제는 그를 막는 기사들에게 손짓하며 접근을 허용했다.

귓가까지 다가간 한시민이 조용히 속삭였다. 침묵 속 누구도 듣지 못하게.

"……! 그게 정말이냐."

"물론이죠. 가격만 맞춰주신다면 얼마든지 사용할 수 있습니다."

황제의 입꼬리가 말려 올라갔다.

돈?

그딴 건 문제가 되지 않는다. 아니, 오히려 애먼 데 쏟아붓는 것보다 이런 곳에 쓰는 게 훨씬 효율적이다.

"내일이 기대되죠?"

"기대되는군."

황제가 한시민이 내미는 손을 마주 잡았다. 그는 곧 전쟁의 제2막을 알리는 신호탄이었다.

# 4

두 번째 날이 밝았다.

여기 모인 수백만은 적당히 치고받고 싸우는 척이나 하며 시간이나 때우다가 룰루랄라 도시락이나 까먹고 돌아갈 생각으로 온 것이 아닌지라 새벽부터 분주했다.

대륙군은 전략을 준비하느라 바쁘고 흑마법사들은 빈 몬스터들을 채우느라 바쁘고.

사방에서 속속들이 흑마법사들도 합류하고 대륙군 또한 소식을 듣고 달려오는 수많은 유저와 왕국들의 지원들로 첫째 날 죽은 사람들의 공백을 메우고도 남을 만큼 전력이 보강됐다.

그것은 곧 2차전을 의미했다.

1차전에서 서로 간의 힘을 대충 간 보았던 것 따위는 깔끔하게 잊을 수 있는 정정당당한 2차전!

물론 대륙군에게 심리적인 압박이 없을 수는 없다.

서로 피해가 0이 되어 다시 어제의 전력으로 부딪친다고 해도 과연 전장을 헤집고 다니는 상급 마족 그로킬레를 어떻게 할 수 있을지에 대한 해결책은 여전히 나오지 않고 있으니까.

대륙에 존재하는 모든 기사와 마법사가 힘을 합쳐 그로킬레를 레이드하는 것이라면 이렇게까지 부담이 되지는 않았을 것이다.

제아무리 상급 마족이라 한들 대륙 또한 넓고 수백, 수천 년을 쌓아온 영웅들의 유산을 물려받은 이들 또한 있으니까.

하나 여긴 전쟁터다.

보스 몬스터 한 마리를 레이드하는 게 아니라 거의 대등한 수준의 적들 사이에 낀 보스 몬스터를 레이드해야 한다.

그 작은 차이가 갖는 의미는 하늘과 땅 차이였다.

그럼에도 대륙군은 힘을 냈다.

힘을 내야 어쩌겠는가.

"우리가 뚫리면 가족들이 죽는다!"

너무나도 뻔하고 현실에서나 게임에서나 어디서든 쓰이는 말이지만 이 말이 주는 묵직함은 누구에게나 공평하니까.

유저들이야 재미를 위해, 레벨 업을 위해, 돈을 위해 전쟁에 참여하지만 NPC들은 그렇지 않다.

마족들과 흑마법사들에게 짓밟힐 땅은 그들의 터전이고 가족들이 머무는 공간이다.

절대 물러설 수 없다.

자기 자신이 죽을지언정 그렇게나마 가족들과 미래의 후손들을 위해 막아낼 수 있다면 그렇게 하리라!

"오늘은 어제와 다를 것이다! 제군들! 싸워라! 그리고 이겨라!"

"와아아아아!"

"황제 폐하 만세!"

거기에 더해지는 황제의 확언은 대륙군에게 마약과도 같았다.

백전불패의 신화!

제국의 적이었을 땐 상급 마족이 포함된 흑마법사들과 싸우는 것보다 훨씬 두렵고 악마 같은 존재였던 황제가 지금은 그들의 수장이 되어 격려하고 있다. 무슨 전쟁이든 어떤 불리한 전쟁이든 이길 것만 같다.

그런 사기와 함께 달려 나갔다.

다행히 무조건적인 희망만을 안고 나가는 건 아니었다.

죽을 수도 있다.

어제와 같은 지옥이 펼쳐지겠지.

긴장도 함께였다. 그런 긴장은 마냥 나쁜 게 아니다. 특히 이렇게 머리가 띵해질 정도의 상황 속에선.

"와아아아!"

함성과 함께 몬스터들과 부딪친다.

사기는 어제와 비슷했지만 안타깝게도 흑마법사 쪽의 기세가 너무 좋았다.

게다가 흑마법사들이 데리고 온 몬스터들은 사기 따위가 존재하지도 않는다. 그저 배고픈 와중에 나타난 먹이들이 너무나도 반가울 뿐!

저주와 역병이 어제와 같이 돌고 몬스터들이 활개 친다.

"크하하! 어리석은 인간들. 또 왔구나! 다 죽어라!"

거기에 더해지는 어제의 악몽!

그로킬레의 등장!

어제 그렇게 살육을 자행해 놓고도 지친 기색 하나 없는 모습으로 강림해 인간들을 또다시 죽이기 시작한다.

보는 이로 하여금 질리게 하는 무력!

아무리 가족들이 뒤에 있다고 해도 그 문제와는 별개로 그에게 다가가지도 못한다.

그만큼 두렵다. 두렵고 압도적이다.

사람이 아무리 많으면 무엇하겠는가. 다가가는 족족 몇 명이고 찢겨 나가는데.

죽일 수 없을 것 같다.

절대적인 공포가 드는 순간 지는 것이다. 그럼에도 대륙군은 여전히 물러서지 않는다. 믿기 때문이다.

그들의 뒤에 있는 수많은 사람. 전장의 백전노장들과 대륙의 평화를 위해 나온 수많은 고수!

우리가 조금만 지치게 한다면 승산이 있을 수 있다. 그런 그들에게 희망의 목소리가 들려왔다.

"화이팅! 우리 팀 힘내라!"

피가 튀기는 전장에는 어울리지 않는 활기찬 목소리.

대체 어떤 놈이 전쟁터에서 저런 응원답지도 않은 응원을 하는지 한번 확인하고 싶은 마음이 굴뚝처럼 들고 또 고생이라곤 티끌만큼도 하지 않을 것 같은 기분이 드는 마음에 억울해지기까지 하는 그런 목소리.

하나 그 목소리 뒤에 이어진 청량한 신성력은 대륙군에게 정말 응원이 되기 충분했다.


['성역'의 효과로 모든 상태 이상이 해제됩니다.]

['성역'의 효과로 성 속성 효과가 30% 상승합니다.]

['성역'의 효과로 모든 암 속성 효과가 30% 감소합니다.]

[체력이 회복됩니다.]

[마력이 회복됩니다.]


피곤을 말끔하게 씻어주는 청량함.

피로마저 사라지는 게 이보다 좋을 수 없다.

거기에 더해지는 성 속성 효과 30% 증가에 암 속성 효과 30% 감소!

일반 병사들에겐 크게 체감되지 않는 효과지만 성역 안에 들어온 몬스터들에겐 이보다 지옥 같은 디버프가 있을 수 없다.

특히 수많은 병사 사이에 둘러싸여 있지 않은가. 조금의 움직임 감소도 곧 목숨과 직결된다.

무엇보다 가장 중요한 것은 이거다.

"저주가 사라졌다!"

"역병도 없어졌어."

최상위 신성 마법진!

모든 부정한 효과를 제거하고 방지한다. 그 효과만으로 이 넓은 전장 안에 있는 수백만 군에게 엄청난 도움이 된다.

물론 여전히 그로킬레를 잡을 수 있는 환경이 마련된 것은 아니었다.

달려 나간 건 대부분 일반 병사뿐.

하나 이를 계기로 불이 붙었다.

"진격하라!"

"와아아아아!"

2차전의 시작.

본격적인 전쟁의 서막.

정예병들도 전장에 합류하기 시작했다.

그로킬레는 인상을 찌푸렸다.

"이런."

그 역시 아무리 상급 마족이라 한들 성역의 효과 안에서 영향을 안 받을 수는 없었다.

모든 스탯이 30% 감소하고 그의 공격력 또한 30% 감소했다. 말이 30%지 상급 마족쯤 되는 그에겐 엄청난 페널티일 수밖에 없다.

그럼에도 강한 건 변함이 없지만 마음껏 날뛰어야 하는 그에게 있어 귀찮은 장애물 하나가 추가된 셈.

게다가 이 성역은 얼마나 넓은지 거의 모든 전장에 영향을 미칠 만큼 신성력을 퍼뜨리고 있다. 수백 년 전, 역사에 기록된 다섯 영웅 중 한 명이었던 교황이 만든 성역이라고 해도 믿을 정도.

아니, 그때 보았던 성역보다 훨씬 효과가 좋고 넓은 것 같다. 제약이 없는 그에게 이렇게 30%나 되는 전력을 무조건적으로 감소시키지 않는가.

보이는 인간들을 학살하던 그로킬레의 시선이 신성력의 근원지를 찾기 위해 움직이기 시작했다.

일단 그것부터 파괴하고 시작해야겠다. 이런 페널티쯤이야 받아도 제약 없이 넘어온 그의 힘은 상상 이상이지만 그래도 혹시 모르는 일이니까.

막말로 여기서 천족이라도 나타나면 정말 위험하다. 언제나 그렇듯 세상은 대가를 얻기 위해 위험을 감수해야 하는 법이니까.

죽음은 곧 소멸. 그렇기에 조심해야 한다.

정신을 집중하고 신성력의 근원지를 찾아낸다.

찾는 건 어렵지 않았다. 이 불쾌한 신성력들이 가장 많이 뭉쳐 있는 곳을 찾으면 되니까.

팟—

그로킬레의 신형이 사라졌다. 그리고 곧 성역이 발동된 장소에 나타났다.

"어떤 개 같은 인간이 감히……."

신성력 앞에서 흑마력을 마구 뿜어내며 자신의 불쾌함을 마구 드러낸다.

어떤 놈인지 조져 버리겠다!

그런 그로킬레의 시야에 신성력 덩어리인 성역을 든 채 그를 아니꼽게 노려보는 한 명의 인간이 들어왔다.

아니, 한 명은 아니었다. 주변에 분명 많은 인간이 있었다.

하나하나 엄청난 전력을 가지고 있는 자들.

현재 그로킬레가 홀로 적진 한가운데 뛰어들었다는 걸 생각해 보면 정말 조금 위험해질 수도 있겠다는 경각심이 들 만큼 강한 자들.

당연할 것이다. 이런 성역은 최우선 순위로 노릴 게 분명하니까.

하지만 그런 자들도 눈에 들어오지 않을 만큼 그로킬레는 단 한 사람에 당황했다.

"여어, 히사시부리?"

노려보다 입꼬리를 말아 올리며 손을 들어 흔드는 악마 같은 놈.

"여, 여기에 왜……."

왜 있을까, 저 악마가.

궁금했지만 물어볼 수 없었다.

"왜, 나한테 볼일 있나?"

"……."

"뭐, 이거 때문에? 야, 인마. 내가 페널티 없이 넘어오게 해 줬으면 감사하게 싸울 것이지 이 새끼 배가 불러가지고 이런 것도 감수 안 하려고 하네. 그래, 다 부숴라. 부숴. 아예 나도 죽이고 천당 가지 그러냐?"

"아니다. 그냥 돌아가겠다."

잔뜩 성을 내며 줄기줄기 뿜어내던 흑마력이 어느 순간 사라졌다.

그러고는 뒤도 돌아보지 않고 그로킬레가 떠나갔다.

갑작스러운 상급 마족의 등장에 온몸의 신경을 곤두세웠던 별동대가 이해하지 못한다는 눈빛으로 한시민을 보았다.

방금 뭐지? 우리가 본 게 그거 맞나?

이해가 되지 않는 건 그들 또한 마찬가지였다.

돌아온 그로킬레의 표정은 심히 좋지 못했다.

"왜 그러십니까, 킬레 님."

"젠장, 빌어먹을. 왜 온 거지?"

"예?"

"분명 나보고 내 역할에 충실하라고 했는데. 이제 와서 저런 걸 설치하고 내 전력을 묶어두겠다고 한 건 날 죽이겠다는 생각인가?"

"……?"

상급 마족답지 못한 불안함.

덜덜 떠는 모습에 마족들이 의아하게 보았지만 그로킬레는 멈추지 않았다.

"안 되겠어. 다시 물어봐야 하나."

고민에 고민.

한번 시작된 고민은 그가 스트레스를 받게 만들었다.

인간이 눈앞에서 설쳐도 쉽게 죽이기 힘들다. 괜히 죽였다가 또 무슨 꼬투리를 잡아 그를 괴롭힐지 모른다.

물론 계약은 한시민과만 맺은 것이라 다른 인간들을 어떻게 하든 상관은 없지만 계약 내용 자체가 워낙 을에게 불리한 조건들로만 적혀 있어 사실상 갑인 한시민이 어떠한 꼬투리를 잡아서라도 그에게 죽으라 하면 죽어야 할 정도다.

공정 계약에 위반되는 행위라 항의라도 하고 싶지만 어쩌겠는가. 마족의 계약서가 왜 악마의 계약서라 불리는지 누구보다 잘 아는데.

상호 간의 합의가 끝나는 순간 신이 와도 간섭할 수 없다. 그게 가장 문제다. 그로킬레가 무서워하는 이유기도 하고.

"어떻게 하지. 죽여도 방법이 없고."

그렇게 고민에 빠져 있는 그로킬레의 앞에 한시민이 다가왔다. 어느 순간.

"허억!"

"뭘 허억이야, 인마. 나 혼자 왔으니까 안심해."

"……"

혼자 오든 다 함께 오든 네가 싫어, 새끼야.

말은 삼키고 고개는 끄덕인다.

"안내해, 예슬이한테."

"알았다."

그리고 순순히 앞장선다.

"너무 억울해하지 마. 네 친구도 생겼으니까. 조만간 소개

시켜 줄게."

양측 진형을 오가는 절대적인 깍두기!

그로킬레가 눈과 귀를 막았다. 보기도 듣기도 싫다.

"야, 인마. 좀 내려와. 형 팔 아프다."

하나 어깨 위에 올라온 손은 차마 치우지 못했다.

5

0.01%.

만분의 일.

아주 미약한 수치다.

하지만 전장에서, 수백만 명이 모여 싸우는 그런 곳에서 만분의 일만큼의 전력을 향상시킬 수 있다면 어떨까.

누가 지휘관이든 비용을 아끼지 않고 지불해 그렇게 할 것이다.

단순 계산만으로도 만분의 일씩 더해져 수백만이 강해지면 그것은 더는 0.01%의 미약하고 보이지도 않는 수치가 아니니까.

하물며 30%다.

아군은 30% 약해졌고 적군은 30% 강해졌다.

거기에 더해지는 흑마법사들만의 저주와 역병의 대지 같

은 것들도 모조리 차단당했으니 그 격차는 더 심하다고 봐야겠지.

자연스럽게 흑마법사들 쪽 분위기는 침체됐다. 보조하던 흑마법사들도 할 게 없어졌다. 성역의 범위가 얼마나 넓은지 어지간한 저주는 그냥 흑마력을 낭비하는 꼴밖에 되지 않는다.

공격 마법을 사용한다 해도 이미 날아가며 성역 안에서 대미지가 감소하니 성 속성의 마법을 뚫어낼 수 있을 리가.

대책을 마련해야 했다.

하나 쉽게 나올 리가 없었다. 애당초 계산에도 없던 성역이 아니던가.

게다가 스페셜리스트는 저 성역이 어디서 나온 건지 너무나도 잘 안다.

"……시민 오빠네."

"황제한테 삥 좀 뜯었나 본데?"

"성역도 강화했겠지?"

한시민! 돈이라면 누구 편인지조차 헷갈릴 정도로 박쥐 짓을 잘하는 그!

당장 길드 대화를 켜서 물어보고 싶었지만 그럴 수 없었다.

망설여졌다. 어찌 됐든 같은 길드지만 지금은 가고 있는 길이 다르다.

서로의 이익을 위해 손을 잡기도 했지만 얼마 전 원하는 걸 서로 얻었고, 이제는 각자 이익을 위해 최선을 다해 싸우게 되더라도 후회하지 말자고 악수까지 하며 헤어진 사이다.

강예슬과 비밀 회담을 하는 등 여전히 선을 연결하고자 한다면 할 수는 있지만 그건 스페셜리스트에게 굳이 좋은 일만은 아니니까.

결국 그렇게 되면 한시민이 원하는 대로 흘러간다.

그래도 상관없지만 그랬다가 자칫 손해를 볼 수도 있기에 망설여지는 것이다.

스페셜리스트는 한시민의 편의를 최대한 봐주고 맞춰주지만 어디까지나 원원할 수 있기 때문. 손해 보면서 남을 위해 게임 하는 건 애인과 가족이면 충분하다.

강예슬은 반쯤 한시민을 그 둘 중 하나, 아니, 둘 다로 만들려고 노력하는 중이지만.

"한번 물어볼까?"

"황제가 준 돈보다 많이 줄 수 있을까."

"없지."

다시 불리해진, 어쩌면 처음 전쟁을 시작할 때보다 더 암울해진 셋의 시야에 저 멀리 그로킬레가 다가오는 게 보였다.

"그래도 쟤가 있네."

"성역 안이라도 상급 마족 정도면……."

"그런데 등에 업힌 사람은 누구…… 어?"

그리고 그의 등엔 낯익은 얼굴이 업혀 있었다. 셋은 저도 모르게 주변을 살피며 보는 눈을 의식했다.

뭐지? 저렇게 그냥 막 와도 되나?

걱정도 잠시, 한시민이 등에서 내려 그들을 반갑게 맞아주었다.

"빨리 들어가시죠. 시간은 금이니까."

한시민이 요구한 건 별거 아니었다.

"흑마법사 돈 많죠? 걔들한테 내라고 하세요. 그러면 받은 게 있어서 전부 꺼드릴 순 없고 하루 네 시간 정도는 꺼드릴 수 있어요."

"……."

별거 아니긴 하다.

억 소리를 넘어 백억 소리가 나올 정도의 금액을 요구했지만 양심 없게 스페셜리스트가 직접 지불해야 하는 금액이 아니고 흑마법사 교단에 비용을 청구하면 되는 일이니까.

아무리 세상에 숨어 살고 황제보다 돈이 없다 한들 흑마법사들 또한 어둠의 경로로 긁어모으는 돈은 꽤나 많다.

게다가 이번 전쟁을 통해서도 이미 많은 돈을 벌지 않았는가.

"성역은 하루 24시간 중 최소 8시간은 꺼둬야 충전이 돼요. 맥시멈이랄까. 그런데 거기서 4시간을 더 늘려드릴게요."

또 이런 식의 정보도 슬쩍 흘려준다.

그렇게 되면 정말 잘만 이용하면 흑마법사들은 성역이 없는 시간대에 계속 싸울 수 있다.

지금처럼 우위를 하루 종일 잡을 수는 없고 또 전쟁이라는 게 싸우다가 성역 켜질 때 됐으니 잠깐 휴전하자 외칠 수 있는 것도 아니지만 그게 어디인가. 무조건 콜을 외쳐야 할 상황이다.

"그 정도는 할 수 있긴 한데……."

다만 정설아는 이를 빌미로 몇 가지 궁금증을 풀고 싶었다.

"시민 씨 마음이 궁금해요."

"네? 저요?"

진솔한 표정으로 다가가며 묻는 모습에 한시민이 저도 모르게 한 걸음 물러선다.

역시 정설아는 예쁘네.

무엇이든 대답할 준비가 되어 있는 그에게 이번 전쟁에서 꼭 알아야 할 몇 가지를 물었다.

"양쪽에 발을 걸치고 있는데, 이익만을 위해서 움직이실 건

가요? 아니면 자리를 지키실 건가요."

"……음."

사실 몇 가지도 아니다.

단 하나.

이거만 알면 된다.

가장 간단하면서도 중요한 문제.

일개 유저 하나가 갖고 있는 이런 사소하고 개인적인 문제에 대해 알아봤자 뭐가 달라지겠느냐만 그 대상이 한시민이라면 다르다.

전쟁 자체의 승패를 가를 힘은 없지만 분위기를 기울게 만들 수는 있는 유저!

아니, 어쩌면 혼자 승패를 가를 수 있을지도 모른다.

고분고분 한시민의 말을 따르는 상급 마족 그로킬레만 보면 그런 추측에 신빙성이 쌓인다.

그렇기에 알고 싶었다. 그래야 스페셜리스트도 그에 맞게 행동을 결정할 테니까.

이게 다 길드 좋은 거 아니겠는가.

진솔한 속마음을 미리 듣고 손해를 피하는 것.

그 마음을 읽은 한시민이 잠시 고민을 했다. 딱히 고민할 필요는 없었지만 그래도 생각을 정리해 말할 시간은 필요했다.

애당초 전쟁 시작 전부터 한시민의 행동 목표는 정해져 있었지만 그걸 말로 표현하는 건 또 다른 문제니까.

잠시 주변을 살핀 한시민이 마주 고개를 들고 다가갔다.

"저도 설아 씨가 메인 퀘스트 3막 말해준 거 듣고 마족들의 침공은 무조건 이어지겠구나 하는 건 알고 있었어요. 그래서 이렇게 움직이고 있는 거고. 조금 죄송한 말씀이긴 하지만 전쟁은 결국 대륙군이 승리할 거예요."

그의 표정은 진지했다. 진지하게 내뱉는 말들엔 확신도 가득했다.

"혹시 그로킬레를……"

"아뇨, 그로킬레에 대한 제한은 아무것도 하지 않을 거예요. 제 성역과 제 것들만 건드리지 않는다면. 하지만 그렇다 해도 전쟁은 대륙군이 이겨요. 마족들이 피를 제물로 넘어오기 시작한다 해도 그로킬레처럼 제약 없이 넘어올 수는 없고, 또 그로킬레의 폭주도 얼마 남지 않았거든요."

"……?"

"아, 이것도 돈 받고 팔아야 하는 정보인데 그냥 알려드릴게요. 사실……"

그러다 잠시 옆에서 자존심 상한 듯 인상을 찌푸리고 있는 그로킬레를 훑는다.

그러고는 이내 그도 들을 수 있게 말한다.

"저놈이 무분별하게 마족들을 소환하는 바람에 천계에서도 상급 천족이 내려왔거든요."

"……!"

"뭐!"

엄밀히 따지면 귀책사유는 한시민에게 있다.

숫자와 빈도로 따진다면 그로킬레가 소환한 부하들보다 한시민이 소환하여 뼈액이를 이용해 빼도 박도 못하게 묶은 뒤 별동대를 키우기 위해 데리고 온 게 훨씬 많으니까.

하지만 그걸 그로킬레는 모른다.

모르면 당할 수밖에 없다.

그의 표정이 일그러졌다. 어째서 대륙군이 저토록 당당하게 나오는지 이제야 이해가 갔다.

실상은 대륙군도 그들의 편에 상급 천족이 아무런 힘의 제약을 받지 않고 넘어왔다는 사실을 아는 이가 극소수에 불과하지만 어쨌든 그런 오해는 그로킬레를 위축되게 만들었다.

"상급 천족이라면 혹시 누가……."

"왜, 이름 말하면 아냐? 아리아라던데."

"……아, 그년이면……."

특히 한시민이 아무렇지 않게 말해주는 상급 천족의 비밀에 그로킬레의 표정은 한층 더 암울해졌다.

평생을 전투 속에 살아온 마족마저도 인상을 찌푸리게 할 정도의 전투광!

천족 중에서도 타고난 싸움꾼으로 마계에까지 유명한 그녀의 전투력은 그로킬레조차도 감히 일대일로 붙기 망설여진다.

특히 전투만 들어가면 눈이 돌아 제 목숨 아끼지 않고 적을 섬멸하기 위한 그녀의 생각은 목숨을 끔찍이 아끼는 마족들에겐 거의 천적이나 다름이 없다.

무엇보다 지금 이곳에서 싸움을 붙는다면?

성역이 그녀의 힘을 더해준다. 사제와 마법사들 또한 그녀를 서포트할 것이다.

반대로 흑마법사들 역시 그로킬레를 돕긴 돕겠지만 그들의 주 능력은 디버프.

상급 천족을 디버프할 만한 능력을 지닌 흑마법사 따위가 있을 리 없지.

"쯧쯧. 그러게 누가 그렇게 세상모르고 날뛰래. 적당히 좀 소환하지."

"……."

뻔뻔하게 그로킬레를 탓한 한시민은 마저 말을 이었다.

"그래서 어쨌든 조만간 빨리 마계의 게이트를 열고 에피소드 보상이라도 챙겨가세요. 이 전쟁은 어찌 됐든 흑마법사가 질 수밖에 없으니까요. 그리고 전 그다음을 노리고 있습니다."

"그다음이요?"

"네."

그나마 주변에 조금이라도 들리던 목소리가 한층 가라앉았다.

길드 대화.

입모양마저 가린 채 은밀한 속삭임이 셋에게만 전달되었다.

6

다음 날.

흑마법사들의 움직임이 바뀌었다. 최대한 웅크리고 있다가 밤이 되면 움직인다.

그렇다고 성역이 있을 때 아예 몸을 빼는 것도 아니다.

어차피 성역은 한시민의 의지대로 켰다 껐다 할 수 있는 것.

최대한 피해를 줄이고 좀 더 활동적으로 움직인다.

공격 마법 대신 견제를 위한 마법을 풀고 또 이전과는 다르게 초심을 되찾아 최대한 피를 흘리게 만들 방법들을 물색한다.

그를 위해 마법이 아닌 아티팩트들도 동원되었다.

성역에 의해 큰 효과를 보지 못함에도 대륙군은 조심해야 했고, 또 장기를 최대한 발휘한 흑마법사들의 수법들에, 보급품들이 약탈당하고 식수에 독이 들어 있는 등 시간을 끄는 방향으로 나아갔다.

그러면서도 그로킬레의 움직임은 여전히 활발했다.

돌아가면서 한시민이 다시 한번 그에게 손대지 않을 것이라는 걸 확신시켜 주었고 상급 천족이 있다는 말까지 들었으니 그 전에 최대한 많이 그의 역할을 해내야 한다는 생각 때문.

물론 어제보다는 까불지 않았다. 주변에 마족들을 항상 두었고 성역의 영향에서 최대한 벗어난 거리에서만 싸웠다.

"천족 년, 나오기만 해라. 갈기갈기 찢어주마."

말은 그렇게 해도 내심 불안했다. 진짜 나타날까 봐.

그리고 말은 씨가 되었다.

아리아가 그의 앞에 나타났다. 한시민을 제외한 별동대를 이끌고.

"네, 네 이년!"

"드디어 만났네요, 그로킬레."

"흥! 잘도 모습을 드러냈군? 네 무덤이 될 곳인지도 모르고."

"그건 당신 이야기겠죠."

"불쌍한 년, 인간한테 개목걸이나 차고 무기와 방어구도 빼앗긴 주제에 날 이길 수 있을 것 같으냐?"

"당신도 마찬가지일 텐데?"

"다 벗고 싸우면 천계 년들보단 마계의 내가 더 강하지. 아마 조금 있으면 개처럼 울부짖을 테니 덤벼봐라!"

"입이 더러운 건 여전하네요."

둘의 공통적인 약점인 한시민이 어째서인지 없다.

그렇다면 더 이상의 말도 필요 없다. 상급 천족과 상급 마족이 격돌했다.

## 7

아리아와 그로킬레의 악연은 수백 년 전으로부터 시작된다.

바야흐로 마족들이 대륙을 침공하기 시작하고 수많은 피해가 속출하며 이러다 정말 대륙이 마족의 손에 넘어가는 것이 아닐까 싶을 때 혜성처럼 등장한 다섯 영웅의 이야기부터.

그때면 거의 역사서에 기록된 마족 침공의 중반부나 다름이 없다. 물론 그 중반부부터 마지막까지의 세월도 수십 년이라는 게 문제지만.

어쨌든 그로킬레는 그 당시 다섯 영웅이 나타나 대륙을 낭떠러지에서 극적으로 구해내는 순간 넘어왔고 그때는 제약이 걸린 상태였다.

　그렇게 수십 년을 영웅들과 부대끼며, 때론 피해가면서 싸워왔고 마지막, 영웅들에 의해 마족들이 거의 완전히 쫓겨나는 수준으로 밀려날 때 다섯 영웅 중 한 명인 그 당시 교황의 손에 소환되었던 수많은 천족 중 한 명인 아리아와 만나게 되었다.

　굳이 만나고 싶어서 만난 건 아니다. 도망치며 마계로 다시 넘어갈 틈을 노리던 수많은 마족 중 한 명이었던 그로킬레가 어떻게든 한 마리라도 더 죽이기 위해 돌아다니던 아리아에 의해 발견된 것뿐이니까.

　당연히 외나무다리에서 만난 둘은 보자마자 눈치를 봤다.

　지금처럼 서로 상급 마족과 천족도 아니었고 중급 주제에 지원군이 있나 없나를 확인하는 건 당연한 일.

　다행히 함께 있는 마족이나 천족이 없는 것을 확인한 둘은 이번엔 서로를 훑었다.

　'이길 수 있을까?'

　'만만해 보이긴 하는데.'

　또 마침 서로가 서로를 보기에 이길 수 있다는 자신이 들었다.

　해서 별다른 말 없이 서로 부딪쳤다.

　남녀 간의 만남에 정이니 뭐니 은밀한 숲속에서 서로 뒤엉

키며 죽네 마네 싸우다 보면 야릇한 감정이 들 법도 하건만 그 딴 게 뭐냐는 듯 정말 모든 힘을 다해서 싸웠다.

싸웠고 결과적으로 그로킬레가 이겼다.


아주 긴 시간의 사투였다. 온갖 더러운 방법도 모조리 동원 되었다. 가지고 있던 비장의 무기도 꺼내 들었다.

도망치는 마당에 저런 애송이 천족에게도 질 수는 없다는 생각에 정말 목숨을 걸고 싸웠다.

어쩌면 대륙에서 마족이 쫓겨나는 게 억울해서일 수도 있다.

내 비록 물러나지만 결코 약해서는 아니다.

이걸 보여주고 싶었다.

그런 간절함에 결국 그녀를 눕히고 위에 올라탄 채 마족의 승리를 만끽했다.

"크하하하하! 역시 나약한 천족 년이구나! 지쳐서 무기 들 힘도 제대로 없는 마족한테 이렇게 깔려 있는 꼴이라니!"

평소였다면 바로 죽였을 것이다. 하지만 그로킬레는 그러지 않았다. 딱히 다른 생각이 있어서는 아니었다. 정말 순수하게 기뻐서였다.

진짜 이대로 물러나는 게 너무나도 억울해서. 수십 년 동안 그렇게 열심히 싸웠는데 빌어먹을 신도 아니고 하필 인간들에 의해 마족들이 꼬랑지를 말고 도망친다는 조롱이나 들어야 하고.

그런 수치심을 풀고 가고 싶었다. 마계로 돌아가도 적어도 자신은 그렇게 수치만 당하고 오진 않았다. 당당하게 말하고 싶었다.

"흥! 그래 봤자 도망치는 마족의 개죠!"

"……."

하나 그런 그의 욕망은 죽음이 닥친 천족의 비굴함을 보기엔 부족했다.

아리아는 그런 천족이었다. 그때부터도.

그로킬레가 인상을 찌푸렸다.

"건방진 천족 년. 내 비록 마계로 돌아가지만 가기 전에 네 년에게 평생 씻을 수 없는 치욕을 남겨주고 가야겠다."

"……."

인간적이니 뭐니 그런 걸 따질 필요가 없는 둘이다.

감정에 호소하기엔 둘은 거의 같은 곳에서 숨을 쉰다는 이유만으로 치고받고 싸워도 전혀 이상할 게 없는 자들이니까.

실제로 대륙에서 벌어진 싸움에서 상대를 죽이는 것보다 치욕을 남기는 것에 더 중점을 두고 벌어진 전투도 많다.

어차피 제약을 받고 게이트를 넘어온 마족과 천족들은 어지간한 방법이 아니고선 죽음은 곧 소멸이 아니라 귀환이니까.

그로킬레 또한 그럴 생각이었다. 지금 눈앞의 천족을 죽여 봤자 달라지는 건 없다.

아리아가 천계로 돌아간다고 이미 패색이 짙어진 마족들이 승기를 잡는 것도 아니고 그저 빠른 귀환을 도와주는 꼴밖에 더 되겠는가.

해서 그런 생각을 하고 곧장 실천으로 옮겼다.

마족들이란 그런 종족이다.

"……!"

하나 그로킬레의 뜻은 끝까지 이어지지 못했다. 아리아와 싸우는 시간이 너무나도 오래 걸렸다.

저 멀리서 천족들이 다가왔다. 그로킬레에게 주어진 선택지는 두 개.

이대로 도망쳐서 무사히 마계로 가든가 아니면 죽음을 각오하고 분풀이를 하는 것.

그로킬레는 후자를 택했다. 생각했던 나쁜 짓을 하지는 못하지만 대신 아리아의 허리를 물었다.

씻을 수 없는 흔적.

이라기엔 별다른 의미가 없을 수도 있지만 어쨌든 서로 간의 감정의 골은 거기서부터 파였다.

그리고 수백 년이 지나 재회했다. 상급 마족과 상급 천족으로, 힘의 제약이 없는 순수한 상태로.

수백 년이 지났지만 눈에 불똥이 튈 수밖에.

"허리에 내 흔적은 잘 남아 있나? 천족 계집?"

"죽여 버리겠어요."

"그때 풀지 못한 회포를 이렇게 많은 사람이 보는 앞에서 푸는 것도 재미겠군. 크하하!"

"흥! 하긴 그때 우리 막내한테 비참하게 목숨을 구걸하며 죽어가던 모습을 떠올리면 그때를 다시 생각나게 해드리는 것도 나쁘진 않을 것 같네요."

"이런 빌어먹을 천족 년이!"

"입 냄새 나네요. 역시 마계의 것들이란."

가볍게 말다툼 후 어느 순간 둘의 신형이 사라져 있다.

쾅—

그리고 마주하는 공격. 한 번의 공수에도 엄청난 파동이 휘몰아친다.

"……!"

"……!"

마족들과 별동대가 감히 끼어들 수 없는 세계!

서로 눈치를 보며 물러선다.

그래야 할 것 같다. 도와준답시고 저기에 끼어들었다간 한 방에 나자빠질 수도 있다. 세상에서 가장 멍청한 게 눈치 없어서 죽는 것이 아니겠는가.

나름 전쟁의 메인 스테이지에서 활약하기 위해 온 자들이 구경꾼이 되었다.

쾅! 콰콰쾅!

"어우, 잘 싸우네."

"저렇게 둬도 괜찮나? 둘 중 하나는 죽을 수도 있다."

"뭐 그럼 지 운명이지."

한참이나 멀리 떨어진, 전장마저 이탈한 곳까지 땅이 울릴 정도로 울려 퍼지는 둘의 요란함에 한시민이 혀를 찼다. 하지만 오히려 카르디안이 걱정해 줌에도 그다지 누가 다치거나 죽거나 하는 것에 신경은 쓰지 않았다. 자신의 것이 없어지거나 빼앗기거나 하는 것을 극도로 싫어하는 한시민의 성격상 이해할 수 없는 부분.

한시민은 그런 걱정을 한마디로 변명해 버렸다.

"빼액이한테 말해뒀어. 둘 중 하나 죽을 거 같으면 싸움 말리고 살려놓으라고."

"……."

"그래도 이제 한 가족인데 풀 게 있으면 풀고 가야지. 언제까지 서로 눈치만 보면서 으르렁대는 걸 볼 수도 없잖아? 괜히 그러면 사이에 낀 사람들만 불편해진다고."

콰콰쾅!

소리를 들어보면 사이에 낀 사람이 아니라 그냥 자기가 편하자고 할 일 하러 갈 때 싸우도록 내버려 둔 것 같지만 현명한 카르디안은 그런 말을 함부로 입 밖으로 내뱉지 않았다.

"맞다. 인간이고 마족이고 천족이고 쌓인 게 있으면 일할 때 방해가 되지. 다만 그대가 아끼는 골드 드래곤이 다칠까 걱정이 돼서 물었을 뿐이다."

현명한 사회생활의 선두 주자!

무려 칭찬 포인트 46점을 쌓은 자의 모범!

카르디안의 입에 발린 소리에 한시민이 어깨를 추켜올리며 넙죽 받아먹었다.

"걱정 안 해도 된다. 위험할 거 같으면 골드를 얼마든 써도 된다고 말해놨거든!"

자신을 칭찬하는 것엔 사양이란 없다. 그냥 해본 말에 온갖 말이 다 튀어나온다.

"물론 그만큼 쓰는 골드는 지들끼리 싸우다 나에게 손해를 미치게 한 연놈들이 져야겠지."

"……."

"마족이랑 천족, 그것도 상급이니까 뭘 해도 돈은 벌 수 있겠지."

"……."

불안하구나.

그를 통해 카르디안은 파악할 수 있었다. 한시민이라는 인간의 끝은 어디인가에 대한 걸 아직까지 파악하지는 못했지만 적어도 말이나 표정을 보면 무슨 생각을 하는지 정도는 알 수 있는 수준까지는 도달했다.

'마족이나 천족이 죽는 것보다 골드 드래곤이 골드를 쓰는 상황을 두려워하고 있다.'

그리고 확신했다.

'진짜 마족이나 천족을 돈을 벌기 위해 인간에게 팔아먹을 수도 있다.'

팔아먹을 방법이 수천 년을 산 드래곤의 머릿속에 수백 가지는 넘게 떠오른다.

차마 마족이나 천족이라도 견디기 힘든 수치가 몰려오겠지.

그녀가 할 수 있는 건 혀를 차며 빌어주는 것뿐이었다. 그냥 적당히 치고받다가 지치기를.

※

토끼들은 전쟁이고 대륙의 운명이고 나발이고 관심이 조금도 없다. 그저 돌아다니며 만나는 인간들을 삥 뜯고 몬스터들을 덮치고 가끔 가다 흑마법사를 만나면 간부터 볼 뿐이다.

그렇게 많은 돈을 만졌다. 물론 개중엔 잡동사니가 대부분이었지만 어쨌든 꾸준히 반짝거리는 금화나 보석을 모았고 가득 찰 때쯤이면 리치 영지로 돌아가 놓고 오기도 했다.

그러다 보니 토끼들의 이동 경로는 중구난방이었다.

그저 사람을 쫓아 움직이는 한 무리의 양 떼랄까.

양 떼라기엔 너무 양아치 같은 느낌이 없잖아 있지만 목적지 없이 사람만을 쫓다 보니 토끼들도 어느새 흑마법사들과 대륙군이 싸우는 전장에 도착하게 되었다.

정말 우연에 우연이 섞인 결과.

물론 그 우연의 확률이 높아질 시기이긴 했다. 대륙 사람들 대부분이 따로 움직이는 거면 거의 80% 확률로 전쟁터를 향하는 것이었으니까.

어찌 됐든 토끼들은 도착했고 신세계를 보았다.

"뀨뀨뀨!"

전장 저 바깥부터 깔려 있는 아이템들.

싸움이 꼭 전쟁터 안에서만 벌어지라는 법은 없다. 싸우는 도중 경황이 없어 전장을 이탈하는 자들도 있고 혹은 전략적으로 돌아가다가 만나서 싸우는 경우도 허다하다.

그런 이들의 흔적이다.

다 주우면 돈이 되는 것들!

하나 전쟁 통에 그런 것들을 주울 여력이 없어 바닥에 깔려 무심하게 잊혀가던 것들.

전쟁이 끝나면 회수는 될 것이다. 하지만 지금은 아니다. 이런 철붙이들을 줍다가 몸이 무거워져서 칼빵이라도 맞으면 손해 보는 건 자신들이니까.

그것들을 토끼들이 줍기 시작했다. 너무 많아서 각자 지급받은 마법 주머니에 넣기도 벅찰 것 같아 작고 반짝이는 것들 위주로 먼저 주웠다.

그럼에도 90마리의 토끼가 전부 줍기 벅찰 정도로 아이템은 많았다.

거르고 걸러 줍기에 부족하다고 걱정할 필요도 없는 게 토끼들의 시야에 들어오는 아이템들은 이게 시작이고 또 새 발의 피라는 걸 보여주는 전장이 펼쳐져 있다.

수많은 사람과 몬스터들이 뒤엉켜 있어 위험할 수도 있지만 토끼들은 그런 것 따위 걱정하지 않는다.

한시민은 토끼들을 그렇게 가르치지 않았다.

"뀨뀨!"

살아오면서 한 행동 중 반 이상이 아이템을 회수하는 것이지 않은가!

이런 전장, 익숙하다.

게다가 서로 죽이고 죽이기 바쁜 상황 속에서 아이템만 빼오는 것?

토끼들의 전문이다.

돌고 돌아 토끼들도 전장에 합류했다.

아리아와 그로킬레의 다툼은 미약하게 시작했지만 10초도 지나지 않아 창대해졌다.

수백만이 모인 전장의 시선들이 전부 둘을 향해 쏠렸다.

그럴 수밖에 없다.

한 번, 한 번 공수에 땅이 울리고 하늘에서 벼락이 떨어지며 수천 명씩 죽어 나가니 그쪽에 신경을 쓰지 않으려 해도 않을 수가 있나.

당장 눈앞에 있는 적의 공격을 한 번 피하는 것보다 저 멀리 보이지도 않는 곳에서 번쩍하는 걸 신경 쓰지 못하면 내가 죽어버리는데 눈앞의 싸움에 집중할 수 있을 리가 없다.

그러다 보니 전장은 일시적으로 휴전이 되어버렸다. 성역이 어느 순간 사라져 흑마법사들에게 유리한 판이 되어버렸음에도.

사실상 싸우고 싶어도 싸울 수 없다는 게 맞는 말일 것이다.

마치 그로킬레의 곁에서 함께 당당하게 나섰다가 이제는 저 멀리 목숨을 부지하기 위해 도망친 중급, 하급 마족들과 별동대처럼.

콰콰콰쾅!

콰쾅!

과장해서 하는 말이 아니라 정말 땅이 갈라지고 지진이 나며 하늘에서 벼락이 떨어진다.

마족과 천족이 발휘할 수 있는 힘은 모두 발휘하고 있다.

그게 제약마저 사라진 상태니 가히 오버 밸런스라고 불릴 만하다.

방송에서도 난리가 났다.


-뭐냐.

-이 팽팽하던 긴장감을 깨버리는 그림은 뭘까.

-지금까지 싸움은 그냥 애들 장난이었다는 걸 보여주기 위한 큰 그림이었던가.

-연출 누군지 몰라도 거지 같다.

-ㄴㄴ 거지 같은 건 아니지. 개화려한데.

-ㄹㅇ CG로도 이건 표현 못 한다.

-와, 근데 저 천족, 검은 로브 안에 아무것도 안 입은 거임? 찢어진 사이로 얼핏 본 거 같은데…….

-??? 그런 걸 찾아보고 있냐.

-너도 봐. 아주 훌륭해.


아직 진짜 전쟁은 시작도 안 한 게 맞긴 하다. 뒤에 있는 흑마법사들과 대륙군엔 정예병들이 있으니까.

하지만 그런 긴장감을 확 뛰어넘는 최종 보스들의 대결!

뭔가 김이 새지만 동시에 가슴이 뛴다.


-기승전결이고 나발이고 질질 안 끌고 싸우니까 좋다.

-ㅇㅇ 영화였으면 긴장감 조성이니 뭐니 위기 하나 처넣고 지랄했을 텐데 이건 뭐 영화가 어느 쪽이 주인공인지 모르는 리얼리티니까 일단 닥치고 싸우고 보네 ㅋㅋ

-개인적으로 흑마법사 응원하고 있었는데 저 천사 보니까 대륙군이 이겼으면 좋겠다.

-나도. 그리고 천사 옷 좀 더 찢어줘라.


하지만 유저들은 몰랐다.


-그런데 얘네는 왜 갑자기 싸우는 거임?

-뭐 일기토 같은 거 아니겠음?

-서로 일대일로 싸워서 이기는 쪽이 이기는 걸로 하자고 합의

본 거 같은데.

　-그건 무슨 개소리임. 대륙군은 생계가 걸린 문젠데.

　둘의 싸움은 그저 개인적인 원한에 의한 것이라는 걸. 그리고 그 뒤에서 싸움을 조종한 누군가가 있다는 것을.

　-그런데 시민이 안 보인다?

　-ㅇㅇ 성녀가 저기 있는데 어디 갔지?

　-그 사람은 안 보이면 꼭 무슨 일을 벌이던데. 혹시 이것도?

　-너무 오바임. 무슨 비선 실세냐. 뒤에서 저런 괴물들 조종하게. 그럴 거면 뭐 하러 뭐 빠지게 게임 하냐. 적당히 돈 벌어다 놀고먹지.

　모두의 시선이 그쪽을 향할 때. 한시민은 그 누구보다 바쁘게 움직이고 있었다.

　"후아, 후아. 춥다."

　"오빠! 여기야!"

　전장과 멀리 떨어지지 않은 숲.

넓은 초원이 펼쳐진 전장 뒤, 흑마법사들의 배후에 있던 그 숲 깊숙한 곳.

수많은 흑마법사가 모여 있다.

정말 많은 숫자.

전장에서 유심히 살피면 이만한 숫자가 빠진 것을 의심할지도 모를 만큼 많다. 그만큼 많은 숫자가 지금처럼 중요한 시점에서 빠졌다.

왜일까.

의심할 법도 하건만 위험을 감수하고 흑마법사들은 이곳에 모였다.

다행히 들키진 않았다. 들켰으면 단순히 대륙군이 멍하게 천족과 마족의 싸움을 지켜만 보지는 않았을 것이다. 총력을 기울여 움직였겠지. 어찌 됐든 전력의 30% 이상이 빠진 것이나 다름이 없으니.

피해를 조금 보더라도 진격하면 무조건 이길 수 있다.

그런 위험에도 불구하고 모인 흑마법사들은 거대한 마법진을 만들었다.

흑마법사로 이루어진 거대 마법진!

매개가 흑마법사들이고 흑마력이다. 한 명이라도 삐끗하면 발동이 되지 않는 마법진이기에 그 어느 때보다 신중했다. 한 명, 한 명의 위치가 정확해야 하고 움직여서도 안 된다.

그렇게 수백 명이 중심에서 마법진을 이루고 나머지 흑마법사들도 바깥에서 흑마력을 지원한다.

그 정도로 대규모다.

대규모임과 동시에 돈 지랄이다.

"이거야?"

"응."

마법진 한가운데.

땅에 박힌 사람 키만 한 보석.

모든 것을 빨아들일 것 같은 칠흑의 보석은 한시민이 결혼반지로 끼고 있는 보석의 것과 동일한 마계의 것!

대륙의 모든 마계 보석을 끌어모아 만든 반지라 설명이 적혀 있지만 여기엔 더 큰 보석이 존재한다.

억울할 법도 하건만 한시민은 신경 쓰지 않았다.

"와, 이런 걸 어떻게 꿍쳐 뒀대."

"전대 대륙 침공 때 마족들이 두고 갔대. 다음에 이걸로 쓰라고."

"그냥 이거 꿀꺽하고 가면 안 되냐?"

"……여기서 나갈 수 있으면 우리도 돕고 싶다. 오빠, 무슨 방법 없을까?"

단순한 가치 환산으로도 가격을 책정할 수가 없다.

과연 대륙에서 이런 어둠이 가득 낀 보석을 살 수 있는 존재가 있을까부터 의문이 들지만 일단 이걸 수천의 흑마법사를 뚫고 가져갈 수 있을지가 문제.

확실히 가지고 나갈 수만 있다면 스페셜리스트가 지금 자리를 포기하고 배신하는 것도 나쁘지 않은 선택이다.

한시민의 자리와 입담을 생각하면 어디서든 물건만 있다면 제 가격을 받고 파는 덴 문제가 없어 보이니까.

그걸로 한몫 챙겨서 게임을 떠나면 뭐, 아쉬움이 조금 남기야 하겠지만 후회는 없을 것이다.

현재로선 판타스틱 월드가 대세고 평생 이 게임밖에 없을 것 같지만 그보다 더한 돈을 번다면야 적당히 계정 하나 더 파서 유유자적 즐기며 다음 게임을 기다릴 수 있을 테니까.

하나 방법이 없다.

수천은커녕 마법진 중심부에 위치한 흑마법사들은 교단에서도 정예 중의 정예다.

흑마법사들이 상급 마족에게 굽신거리는 것도 전부 마족이고 강하고 그들의 편이기 때문이지 진짜 마음먹고 제압하고자 한다면 가능성이 없지 않을 정도의 화력은 갖추고 있다.

해서 한시민은 깔끔하게 포기했다. 이런 먹지도 못할 것에 욕심을 부리면 챙길 수 있는 이득도 챙기지 못하고 쪽박만 쓰게 된다.

"쩝."

아쉬운 건 어쩔 수 없지만 할 일이나 하자.

"시작해."

"응."

결정은 이미 내렸다. 내렸기에 여기까지 온 거고.

우웅—

명령과 함께 흑마력이 진동한다. 마법진이 거칠게 흔들리고 흔들리는 와중에도 흑마법사들은 꿋꿋이 자리를 지킨다.

수천의 흑마법사가 내뿜는 전력의 흑마력!

그것들이 동시에 마법진 중심으로 빨려 들어간다. 조종하기 때문이 아니다.

모든 흑마법사가 이렇게 일사불란하게 흑마력을 컨트롤해서 움직일 수 있을 리가 없다.

당장 셋 이상의 흑마력만 모여도 누가 누구 것인지 모르고 거친 흑마력의 특성상 어디로 튈지도 모른다.

이 모든 것은 칠흑의 보석의 힘!

당연히 보석의 바로 앞에 있던 한시민에게 영향이 갈 수밖에 없었다.

"와. 미쳤다. 미쳤어."


[흑마력에 노출됩니다.]

[방어력이 감소합니다.]

[체력 회복이 저하됩니다]

온갖 홀로그램이 다 뜬다.

다행히 체력이 감소된다든지 하는 내용은 없었지만 정말 신성력을 갖고 있는 사람이었다면 진즉에 죽었을 정도의 양.

몸 하나 제대로 가누기도 힘들 정도의 흑마력 폭풍 속에서 한시민이 침착하게 망치를 꺼내 들었다.

"후우."

성역을 15강 하면서도 그냥 용돈벌이 정도만으로 생각하는 한시민이 오랜만에 진지한 표정으로 심호흡을 가다듬었다.

거의 축복의 반지 15강 할 때의 긴장감이 몸속에 스며들었다.

그만큼 중요한 일이다.

그의 망치질 한 번에 대륙의 운명이 바뀔 수도 있다.

또 망치질 한 번에 앞으로 진행될 퀘스트의 난이도 자체가 올라갈 수도 있다.

얼마나 설레고 흥분되는 일인가.

전부 돈을 받고 하는 일이지만 예외적으로 한시민이 보람을 느끼며 책임 의식을 가졌다. 이는 돈을 받기 때문에 갖는 직업적 윤리와는 다른 문제였다.

뭐랄까. 내 손으로 게임을 조종하는 기분이랄까.

마치 컴퓨터로 하는 온라인 게임에서 누구도 성공하지 못했던 강화를 성공한 뒤, 그런 무기와 방어구들로 온몸을 도배하고 서버 자체를 혼자 독점하고 부려먹던 시절에 느꼈던 그런 감정과 비슷했다.

그때야 한두 번 그러고 나서 흥미를 잃었지만 여기는 판타스틱 월드가 아닌가. 질리려야 질릴 수가 없다. 또 하나의 세상이니까.

그의 손에 만들어질 세상에 불만을 품고 게임을 떠나면 그만이라며 진짜 떠날 사람들은 얼마 없으니까. 또, 그가 그렇게 만든다 한들 게임 자체가 망해버릴 일도 없다. 현실감이 너무나도 넘치는 게임이기에.

동시에 자정 능력이 발동되는 것이다.

그가 할 수 있는 건 그 운명의 물줄기의 흐름의 수도꼭지를 만질 수 있는 권한 정도!

"간다."

그것만으로 충분하다.

일개 개인이니까. 일개 개인이 그 정도 권한이라면 이런 거대한 판에서 흘러넘치는 돈 줄기 하나 정도는 내 지갑으로 향하게 하기 충분하니까.

탕! 탕!

역사에 길이 남을 망치질이 시작됐다. 아마 지옥에서 본다

면 통곡할 전설의 레전드 강화사의 심정 따위는 한시민이 알
바 아니었다.

　수상한 느낌을 받은 건 역시 가장 강한 상급 천족 아리아다.
　"……응?"
　처음엔 그냥 오해인 줄 알았다. 당장 눈앞에 흑마력을 줄기
줄기 뽑아내는 그로킬레가 있었으니까. 그에게서 느껴지는
파동이겠거니 했다.
　한데 아니었다.
　평소였다면 바로 알아챘을 흑마력의 움직임을 무려 10분
넘게 알아채지 못할 정도로 격렬하게 싸우긴 했다.
　어쩌면 그녀 정도 되는 천족이 아니었으면 끝까지 알아채
지 못했을 수도 있었다.
　그만큼 아주 가는, 그저 신경을 조금 간질이는 느낌의 거슬
림밖에 아니었다.
　거기에 신경 쓰느니 당장 소멸까지 이어질 수도 있는 싸움
에 집중하는 게 나을 정도의, 딱 그 정도의 느낌.
　하지만 그녀는 그 느낌을 무시하지 않았고 끝내는 확신
했다.

"이런!"

"흥! 이제야 눈치챘나 보군."

"설마……!"

"그래, 이미 늦었다. 마법진은 완성됐고 네년은 날 꺾지 못했지. 앞으로 5분. 5분이면 마법진은 발동한다. 그 안에 날 뚫고 흑마법사들을 뚫고 마법진을 파괴할 수 있을까? 크하하하하!"

"……."

확신은 했지만 변하는 건 없었다. 여전히 그로킬레는 건재했고 이길 수 있다는 자신감은 시간 내에 이길 수 있을까에 대한 의문으로 바뀌었을 뿐.

그녀의 얼굴에 절망이 드리워졌다. 하지만 포기하지 않았다.

우웅-

대신 더 큰 신성력이 그녀의 온몸을 감쌌다.

검은 로브가 타버릴 정도의 신성력!

그걸 본 그로킬레가 기겁했다.

"야! 이 미친! 네년이 정녕 자폭이라도 하겠다는……."

"비켜욧!"

폭발하듯 쏟아지는 신성력에 그로킬레가 저도 모르게 옆으로 피했다.

당당하게 막아서리라 선언한 지 30초도 되지 않아 아리아
는 그로킬레를 넘어 숲을 향해 돌진했다.

아차 싶은 그로킬레가 뒤를 따랐다.

"야! 가 봤자 못 막는다고! 거기 인마! 누가 있는데!"

그의 다급한 외침은 아쉽게도 그녀에게 닿지 못했다.

## 10

어둠이 일렁인다. 수많은 흑마력을 빨아들이는 거대한 흑
수정은 배가 차지 않는다는 듯 끝없이 흑마력을 갈구하며 투
정을 부리고 있고 그곳에 대고 망치질을 하는 한시민은 세상
진지한 표정이다.

"후, 3강."

"와, 벌써?"

"초반이야 파괴될 확률도 없으니까 그냥 내려치는 거지. 그
런데 이거 가장 확실하게 하려면 이 흑수정 떼서 들고 다니면
서 강화하는 게 좋긴 한데 그건 안 되냐?"

"······안 될걸? 한번 물어볼래?"

그러면서 슬쩍 강예슬에게 묻는다.

하나 돌아오는 건 부정적인 의견. 그래도 혹시나 하는 마음
에 강예슬 뒤에 서 있는 흑마법사를 보았지만 째려보는 강렬

한 눈빛에 혀를 찰 수밖에 없었다.

"쳇, 쫄보들. 내가 이딴 거 먹고 튀어서 뭐 얼마나 잘 먹고 잘산다고 그걸 못 믿어주네. 뭣 하면 따라오면 될 것이지."

물론 70%쯤 먹고 튈 의향이 없지 않아 있었지만 어쨌든 시간이 없다고 빨리 마족들을 소환해야 한다고 한 건 한시민이었기에 더 이상 토를 달지 않았다.

어차피 이걸 15강을 하나, 10강을 하나, 5강을 하나 받는 돈은 달라지지 않는다.

일단 마계로 통하는 게이트의 소환.

그게 한시민에게 주어진 임무다.

그걸 위해 딱 필요한 만큼만 강화하면 되는 일에 굳이 힘을 더 써서 좋게 해줄 필요까지는 없지.

타당! 타당!

그렇기에 진지한 분위기와는 어울리지 않게 망치질만은 경쾌했다.

딱 파괴되지 않을 강화 차수, 7강까지만 할 생각이었다.

굳이 확률을 따져 계산해 보면 파괴 확률이 15%인 9강까지는 해도 크게 문제 될 것까지는 없어 보였지만 단 0.7%의 확률만으로도 펑펑 터지는 게 현실인 삶에서 무리하고 싶지는 않았다.

게다가 이미 마기가 깃든 게이트를 통해 굳이 높은 강화를 하지 않아도 충분히 게이트의 효능은 상승한다는 걸 입증하지 않았던가.

괜히 게이트를 한참 강화하다가 마왕이라도 튀어나오는 날엔 큰 그림이고 뭐고 다 찢어지고 대륙은 1주일도 채 걸리기 전에 마족들한테 점령당할지도 모른다.

해서 조심해야 한다.

조절을 잘해야 한다.

4강, 5강.

번쩍이는 빛과 함께 흑마법사들의 동태를 살핀다.

마법진의 상태도 확인한다.

너무 신나 하는 것 같으면 적당히 빼면서 하자.

한시민이 노리는 것은 양측에 서서 노른자만 쏙쏙 빼먹는 것이지 양측에 간이고 쓸개고 다 빼주며 감당할 수 없도록 커지게 만드는 게 아니니까.

우웅—

한참 뒤, 눈치를 보며 적당히 시간을 두면서 강화한 결과 7강까지 흑수정을 강화하는 데 성공했다.

티끌 모아 태산.

저 강화에선 강화의 효과가 별로 발휘되지 않지만 7강쯤 되니 흑수정은 그 어느 때보다 강력한 흑마력을 뿜어내고 있었다.

당장에라도 거대한 게이트를 소환하며 마계의 마족들을 모조리 소환할 것만 같은 분위기!

그런 분위기에 흑마법사들도 흥분했다.

더 많은 흑마력을 쥐어짜 낸다.

당연히 마법진이 강화된 만큼 그만한 흑마력이 필요한 법.

강화된 효과 덕에 절대 총량이 그만큼 늘지는 않았지만 자신의 목숨을 내어줄 기세로 흑마력을 쏟아낸다.

우우우우우웅—!

노력의 결실이 맺어지는 걸까. 흑수정이 강하게 요동치기 시작했다. 바로 앞에 있는 한시민은 이게 터지는 건 아닐까 한 걸음 물러서기까지 할 정도로.

곧 무슨 일이 터지겠구나 싶은 상황에 멀리서 정말 무슨 일이 터졌다.

"으아아아! 야! 저년 막아!"

"……!"

"안 돼!"

순간 모두의 시선이 그쪽으로 돌아갔다.

지금처럼 중요한 순간에 정신을 다른 데로 판다는 건 있을 수 없는 일이지만 어쩔 수 없었다.

칠흑보다 짙은, 세상을 뒤덮을 어둠 사이로 뚫고 나오는 찬란한 순백의 광채가 눈을 찌르는데 어찌 시선을 돌리지 않는

단 말인가.

한시민 역시 마찬가지였다.

무슨 일이지.

궁금해서라도 돌렸다. 그리고 보았다. 진짜 천사라도 되는 양 온몸에서 신성력을 줄기줄기 내뿜으며 엄청난 속도로 이곳을 향해 날아오고 있는 아리아를.

동시에 머릿속에 그림이 그려졌다.

불과 1분 뒤의 미래가.

날아온 아리아는 흑수정을 파괴하고 화려하게 산화! 한 번에 두 가지, 아니, 그 이상을 잃는 환상의 그림!

"이런 미친."

아니, 둘이서 적당히 치고받고 하면서 옛날의 악연을 풀라고 시간까지 줬더니 왜 싸우다 말고 미친 짓을 하는 거야!

억울함과 동시에 분노를 터뜨릴 틈도 없었다.

어디서 나오는지도 모를 순발력이 한시민의 입에서 튀어나왔다.

"안 돼! 멈춰!"

"......!"

그것은 곧 명령이었다. 물론 이성을 잃은 아리아가 그런 명령 따위를 귓등으로도 들을 리가 없다. 하지만 그녀의 목에 걸린 개목걸이는 아니었다.

팟!

"꺄아악!"

무려 스페셜 등급의 아티팩트다. 거기에 블랙 드래곤 카르디안이 애지중지 모시던 전례까지 있다. 그만큼 효과는 확실하다는 뜻이다.

순식간에 아리아의 온몸에서 뿜어져 나오던 신성력이 사라졌다.

눈을 찌르던 광채가 사라지니 보이는 건 입은 건지, 만 건지 구분이 안 되는 검은색 로브 사이로 드러나는 그녀의 아름다운 몸매!

평소였다면 직관하며 만족스러워했을 한시민이지만, 아니, 여기 위치한 흑마법사들마저도 적이라는 걸 잊고 흐뭇하게 보았을 테지만 지금은 그럴 수 없었다.

그녀의 신성력은 사라졌지만 날아오는 속도는 그대로다.

목걸이가 그녀의 의지는 상쇄시켰지만 아쉽게도 세상에 적용되는 물리력은 바꾸지 못했다.

이대로 날아오면 그대로 흑수정에 들이박게 된다.

그러면?

'어떻게 되지?'

모른다.

일단 흑수정에 부딪치게 될 것은 분명하다.

그러면 굳건히 땅에 박아놓은 흑수정이라도 흔들리게 될 테고 이는 곧 마법진의 균열을 의미한다.

다시 세우면 된다?

그럴 거면 수천 명의 흑마법사가 미동도 하지 않고 마법진을 유지하는 의미가 없을 것이다.

거기까지 생각을 마친 한시민이 몸을 날렸다.

정말 세 걸음도 걷기 싫어 마차를 타고 빼액이를 얻은 뒤로는 빼액이만 타고 다니던 한시민이 이토록 열정적으로 몸을 날릴 수 있을까 싶을 정도로 날렸다.

그리고 잡아챘다.

어째 타이밍이 안 맞아 허리를 잡고 얼굴을 가슴에 묻혔지만 그런 기분 좋은 실수를 느끼고 있을 시간도 없었다.

방향을 틀어야 했다. 그나마 신체 스텟에 열심히 투자한 보람을 이제야 느끼며 전력을 다해 몸을 틀었다.

쾅!

하지만 애초에 너무나도 정확하게 날아오고 있었다.

한시민이 낚아챈 거리도 흑수정과 너무 가까웠다.

조금 비껴갔지만 흑수정에 타격이 있었다.

흑수정이 기울었다.

우우우우우웅!

살아 있기라도 하듯 흑수정이 거칠게 포효했다.

아까는 만족이었다면 지금은 분노였다.

마법진이 거칠게 요동쳤다. 아까와는 차원이 다른 폭풍이 몰아쳤다.

[흑마력에 노출됩니다.]

[체력이 감소합니다.]

무자비한 처벌이 온 세상이 드리운다.

최악의 상황! 동시에 아리아가 원했던 그림!

어찌할 바 모르는 흑마법사들 사이로 냉정하고 거친 목소리가 끼어든다.

"마법진이 붕괴한다! 붕괴하기 전에 발동시켜!"

아리아를 전력으로 따라온 그로킬레의 외침에 흑마법사들이 일사불란하게 다시금 흑마력을 집중시킨다.

우우우웅!

거센 반발이 흑마법사들에게 피해를 주지만 개의치 않는다. 개중엔 피를 토하는 흑마법사들도 있지만 절대 움직이지 않는다.

수백 년을 그려온 대계다. 비록 자신들이 겪진 않았고 선대로부터 이어져 온 의지지만, 그들에게 걸려 있는 금제와 더불어 이걸 위해 살아온 숙명을 이루기 위한 희생!

우우웅!

그런 의지를 받들기라도 하겠다는 듯 한시민도 망치를 들었다.

부끄럽게도 아리아에게 깔려 일어나지 못하는 저질 체력이지만 바로 옆에 기울어진 흑수정을 두드리기엔 부족함이 없었다.

"후, 이게 뭔 개고생이야."

어차피 강화 성공 확률 증가를 위한 의식 따위는 필요 없다.

명당을 찾을 수 없는 이상 운이다.

게다가 지금은 마법진이 붕괴될지도 모르는 상황이 아닌가.

붕괴되나 파괴되나 1강이라도 더 올려 마법진 발동에 도움이 된다면야 무슨 짓이든 할 수 있다.

'X발. 이대로 파괴되면 내 돈은 돈대로 못 받고 이대로 죽는 거잖아.'

절대 그런 일이 있어선 안 되지.

죽어도 혼자 죽어야 한다. 어떻게 운이 겹치고 겹쳐 잡은 아리아인데 그가 죽으면 아리아도 죽는다.

그러면 카르디안이 위험해질 가능성도 높아지고.

탕! 탕!

거칠게 거부하는 흑수정, 쏟아지는 흑마력, 그리고 더해지는 한시민의 망치.

세 개의 콜라보에 결국 흑수정이 무릎을 꿇었다.

팟-

마법진의 발동!

마법진을 구축하던 흑마법사들이 일제히 쓰러진다.

멀쩡한 것은 흑수정 옆에서 상황을 지켜보던 스페셜리스트와 한시민, 그리고 아리아.

하지만 그들마저도 이내 칠흑에 마법진에서 터져 나온 칠흑에 삼켜졌다.

아니, 온 세상이 칠흑으로 뒤덮였다.

전장도 마찬가지였다.

그렇게 한참의 시간이 흐르고 어둠이 가셨을 때.

"……."

"……."

마법진 근처에 남아 있는 것은 아무것도 없었다.

마족도, 스페셜리스트도, 한시민도, 아리아도, 그로킬레도.

전장에서 활약 중이던 켄지도 어둠을 보았다.

보았다고 표현하기 민망할 정도로 어느 순간 갑자기 시야를 가리더니 한참 뒤에 사라지긴 했지만 어쨌든 무슨 일이 벌어졌다는 사실 정도는 눈칫밥으로 알아챌 수 있었다.

동시에 시선이 흑마법사들의 진영 쪽으로 향했다.

"……!"

적다! 확실히 적다!

이걸 왜 눈치채지 못했을까.

뒤늦은 후회가 몰려왔지만 이미 늦었다.

그의 방송을 보고 있던 시청자들도 난리였다.


–뭐지?

–방금 방송 왜 꺼진 거임?

–ㄴㄴ 꺼진 게 아니라 어두워졌던 거.

–다음 페이즈인가?

–갑자기 마족이랑 천족이랑 싸우더니 천족이 어디로 날아갔고 그러더니 어둠이 닥쳤음.

–ㄹㅇ 다음 페이즈 같은데.

–헐, 소름 끼친다. 저번에 커뮤니티에서 혹시 이번 전쟁은 흑마법사들이 마족들 소환하기 위한 대규모 게이트 여는 희생을 위한 전쟁 아니냐는 글 봤었는데 진짜 그거 아님? 그 글 올린 사람이 현실에서는 역사 선생인데 판월에서도 도서관 가서 역사책 읽는 재

미로 게임 하다가 도서관 사서 돼서 남들은 읽을 수 없던 과거 역사책들도 읽다가 봤다고 하던데.

─ㄷㄷ 그러면 어떻게 되는 거냐. 이번 전쟁 망한 거임?

─만약 진짜라면 이제 마족들이 나오겠지.

─미친.


전부 추측일 뿐이다. 하지만 판월 유저들의 추측은 대부분 정확하고 예리하고 날카롭다.

그만큼 판월은 게임을 넘어 또 하나의 세상이다. 전문가들의 등판과 함께 방송과 더불어 전장은 뜨겁게 달구어졌다.

"크하하하하! 어둠이 도래하리라!"

동시에 외쳐 대는 흑마법사들의 말은 불안을 더욱 증폭시켰다.

그리고 추측에 신빙성을 실어주었다.

하지만 시간이 지나고, 그 추측을 증명해 줄 증거들은 나오지 않았다.

한참이 지나도록.

흑마법사들과 대륙군, 시청자들 모두에게 어색한 침묵이 흘렀다.

Episode 48.
사막에서 모래 팔아먹을 놈(1)

# 1

큰소리 빵빵 치던 흑마법사들이 돌연 후퇴하기 시작했다.

정말 한 치의 망설임도 없는, 조금의 미련도 남아 있지 않은 후퇴에 지켜보는 대륙군이 어이가 없을 정도의 그런 후퇴였다.

저자들이 정녕 불과 며칠 전까지만 해도, 아니, 당장 1시간 전까지만 해도 내 목숨을 던져서라도 한 명이라도 더 데리고 저승에 가겠다고 덤벼들던 놈들이 맞나 싶을 정도로 화끈한 태세 전환이었다.

그냥 뒤도 돌아보지 않고 도망친다.

얼마나 황당한지 대륙군은 뒤쫓을 생각조차 하지 못했다.

물론 나름대로의 의심도 있었기 때문이지만 덕분에 흑마법사들은 도망칠 길을 열고 시간을 벌었다.

"폐하, 어찌하시겠습니까."

"저들이 도망치는 이유는?"

"현재로서는 전쟁에서 흘린 피로 마계와 통하는 마법진을 활성화시키려고 했고, 그 와중에 저희 측에 있던 상급 천족이 변수를 만들어 원하는 바를 이루지 못했기 때문이라고 생각됩니다."

"흠, 함정일 가능성은?"

"그 또한 배제할 수 없습니다. 어떠한 정보도 없으니 섣불리 판단하기는 어렵습니다만 곧바로 뒤쫓는다면 현재 남아 있는 흑마법사의 수를 크게 줄일 수 있습니다."

"하지만 함정이라면 엄청난 피해를 입겠지."

"몬스터들을 방패 삼아 도망치는 걸 보면 전자일 가능성이 높습니다만, 빠진 흑마법사들이 정예고 그 숫자가 함정을 파 놓고 기다린다면 확실히 위험할 수 있습니다."

"정찰병들을 붙여라. 그리고 주변을 샅샅이 정찰한 후 쫓는다."

"예, 폐하."

　나름 냉철하게 판단하고 결정했어도 정보의 부재는 결국 시간의 뒤처짐을 만들어낼 수밖에 없다.

그렇기에 흑마법사들은 도망쳤고 뒤늦게 대륙군들은 쫓았지만 생각만큼의 피해를 입히지는 못했다.

하지만 황제는 상관없었다.

"전쟁은 우리가 이겼다. 시간이 얼마나 걸리든, 얼마의 피해를 감수하든 흑마법사들을 대륙에서 멸종시킨다."

전쟁의 승패는 결국 이번 대규모 전쟁에서 판가름 나게 되어 있었다.

거기에 전쟁 이후에도 흑마법사들은 마계의 문을 여는 것에 실패한 것으로 보인다.

물론 이대로 보낸다면 다시금 마계의 문을 열기 위해 노력하겠지만 그런 시간을 주지 않으면 그만이다.

"흑마법사를 잡아오라! 큰 상을 내리리라!"

황제의 카리스마 넘치는 패기가 전장을 휩쓸었다.

"와아아아아!"

유저, NPC 할 것 없이 함성을 내질렀다.

이는 곧 기회다. 전쟁의 승리와 함께 돌아오는 보상이다.

그걸 증명이라도 하듯 유저들의 눈앞엔 홀로그램이 나타났다.


['시나리오 퀘스트: 3막'이 클리어됩니다.]

['시나리오 퀘스트: 4막'이 오픈됐습니다. 모험가들은 충분한 실

력을 입증함으로써 네 번째 막을 진행할 자격을 얻습니다.]

[황제의 인정을 받았습니다.]

[황제의 어명을 받았습니다.]

[흑마법사 사냥 시 조건에 맞는 카운트가 집계됩니다.]

[성과에 맞는 보상을 해당 NPC를 찾아가 수령할 수 있습니다.]

레벨 100.

시나리오 퀘스트 3막을 수행할 수 있었던 최소 조건과 달리 4막은 대륙에 있는 모든 유저에게 주어졌다. 이제 막 게임을 시작한 유저부터 이번 전쟁에서 흑마법사의 편에 섰던 유저들까지.

단 한 명도 빠짐없이.

아낌없이 나눠 주는 메인 퀘스트.

유저들은 당연히 열광했다. 이 퀘스트가 주는 의미는 분명했으니까.


−와, 판타스틱 월드. 뒤로 갈수록 원래 기존 유저들만 챙기는 게임이 대부분인데 이건 초반에 레벨 제한 걸어놓고 유저들 달리게 만들고 나중엔 모든 유저가 함께할 수 있는 컨텐츠로 바꾸네. 리얼 갓 게임.

−저레벨 유저들한테는 있으나 마나 한 퀘스트지만 그래도 적어

도 몇 년, 아니, 이제 시작해서 따라잡을 수도 없는 메인 퀘스트를 먼발치에서 부럽게 쳐다보지 않아도 된다는 게 어디냐. 지금 이렇게 레벨 제한 풀리고 조건을 모든 유저로 푼다는 건 다음 시나리오 퀘스트도 참여할 가능성이 높다는 거잖아. 저레벨 유저들 사냥 욕구 좀 생길 듯.

-미친. 난 흑마법사들한테도 퀘스트 주는 게 제일 충격임.

-이러니 현실성 넘치는 게임이라고 하는 거지. 흑마법사들 배신하고 때려잡으라는 거 아녀.

-난 진짜 메인 퀘스트 못 따라잡겠어서 레벨 업 포기했는데 지금이라도 사냥 시작한다.


모든 유저의 포용. 그리고 레벨이 전부가 아니라는, 또 다른 세상에서의 현실성을 돋보이게 하는 패치 아닌 패치.

NPC들보다 더 활기참과 함께 유저들이 흑마법사 사냥에 돌입했다.

물론 그런 신나는 기분과는 별개로 흑마법사를 사냥할 수 있는 수준의 유저가 별로 없긴 하다.

하지만 그들에겐 NPC들이 함께였다. 흑마법사 사냥 원정대에 꼽사리를 끼기도 하고 또 수준이 되는 유저들끼리 마음을 맞춰 움직이기도 한다.

이전의 흑마법사들이라면 그렇게 해도 힘들겠지만 지금

의 흑마법사들은 어떻게든 도망쳐서 차후를 대비하려는 도 망자들!

게다가 전쟁 통에 마력도 많이 소모되었다.

또 정예 중 정예라 할 수 있는 흑마법사들은 어디로 사라졌 는지 증발한 상태.

폭풍 레벨 업과 더불어 스펙 업의 시즌이 돌아왔다.

그와 함께 고글사에서 대대적인 판타스틱 월드 계정비 할 인 혜택과 신 캡슐 발매로 인한 이벤트를 통해 판타스틱 월드 유저들의 유입을 유도했다.

이는 곧 골드 시세의 폭등으로 이어졌다. 아이템의 시세는 말할 것도 없었다. 1골드 16만 원 선이 붕괴됨과 동시에 판타 스틱 월드는 또 한 번의 전성기를 맞았다고 난리가 났다.

몇 번째 전성기인지 세기조차 불가능할 정도의 승승장구!

그런 와중에 사람들은 신경 쓰지 못했다. 아니, 신경 쓸 수 없었다. 전쟁터 근처에서 발견된 거대한 흑수정과 더불어 그 려져 있는 마법진과 시나리오 퀘스트 3막이 클리어됐다는 사 실을.

전자는 황제가 알리지 않았기 때문이고 후자는 신경 쓸 필 요가 없었기 때문이다.

하나 분명한 건 있었다. 유저들이 모르는 시나리오 하나가 아무 의미 없이 지나갔을 리는 없다는 것을.

[퀘스트를 완료했습니다.]

['시나리오 퀘스트: 3막'이 클리어됩니다.]

[레벨이 올랐습니다.]

[레벨이 올랐습니다.]

…….

마찬가지의 유저처럼 수많은 홀로그램이 올라온다. 하지만 스페셜리스트의 것은 조금 달랐다.

"……레벨이 많이도 오르네."

"벌써 106이야."

"뭘 했다고 퀘스트가 완료되지?"

"3막을 깨긴 했잖아. 마계로의 게이트를 열어라."

"그건 실패한 거 아니었어?"

"여기 보면 꼭 실패한 건 또 아닌 거 같은데?"

얼떨떨한 보상들과 함께 펼쳐진 황폐한 공간. 어리바리 타면 여기가 어디냐며 혼란스러워할 법도 하건만 침착한 정설 아는 한 번에 이곳이 어디인지에 대해 추리했다.

"마계 같은데?"

"……."

놀라우리만큼 신기한 일이다.

진짜 마계라면.

어떻게 온 것이지?

생각해 볼 법도 하건만 그녀는 일단 침착했다.

사실 놀랄 이유도 없었다.

"어차피 게임인데 뭐."

마계와 인간계가 다른 차원의 종류라 해도 뭐 어떻단 말인가.

실제 현실에서 차원을 넘나드는 이동을 한 것도 아니고 그냥 게임에서 어찌어찌하다 보니 넘어온 것뿐이다. 왜 넘어왔는지에 대해서도 대충 유추가 되는 부분이고.

"마법진이 어긋나서인가."

"우씨, 어쨌든 여기 갇혔다는 거 아냐?"

"……그건 그렇네."

어찌 됐든 암울한 상황이라는 건 변하지 않는다.

그렇기에 홀로그램과 함께 등장한 수많은 보상엔 눈이 가지 않았다.

아무리 좋은 것들을 받고 레벨이 오르고 강예슬에겐 스킬이 생기면 뭐 하나. 당장 여길 나갈 방법 따위가 생각나지 않는데.

그래도 영 절망적인 상황은 아니라는 게 주변을 둘러보면 존재했다. 비록 아무것도 없는 황폐한 땅에 시커먼 하늘뿐이지만.

"시민 오빠도 왔네."

"그로킬레도 있어."

"저 자식은 어째 만날 저러고 있는 거 같지."

거의 나체를 드러낸 채 한시민 위에서 기절한 아리아와 그 밑에서 여운을 즐기고 있는지, 정말 힘이 달려서 그녀를 밀어내지 못하는 것인지 모를 한시민. 잔뜩 찡그린 표정으로 그 모습을 담고 있는 그로킬레.

뭔가 사고뭉치들이 함께 딸려온 느낌이지만 동시에 안심이 되었다.

"마계는 그로킬레가 잘 알 테고 무슨 일이 생기면 시민 오빠가 해결해 주겠지."

마계 토박이인 그로킬레보다 한시민을 믿게 되는 이상한 상황.

그렇게 상황을 파악하고 적응하는 사이 아리아가 옅은 신음을 내뱉으며 정신을 차렸다.

"이제 나 좀 그만 유혹하고 나오지?"

"……어째서 이러고 있죠? 아!"

인간에게 자신의 나체가 보이고 있다는 수치심 따위보단 지난 기억을 더듬던 아리아가 자리에서 일어나 한시민을 노려보았다.

"이게 어떻게 된 거죠? 어째서 그대가 흑마법사들과 함께 마법진을……."

"뭐, 그렇게 됐어."

배신감!

성역을 강화하는 모습을 보고 오해했던 걸 후회하게 만드는 모습에 따졌지만 아쉽게도 한시민에게선 그녀가 원하는 반응이 나오지 않았다.

"아니, 그건 그렇고. 괜히 네가 방해해서 이상한 데 끌려와 버렸잖아."

"……."

거기에 더해지는 적반하장까지.

선을 행하는 데 거침이 없는 아리아가 할 말을 잃게 만드는 충격적인 현장.

그러거나 말거나 한시민은 개의치 않고 그로킬레에게 물었다.

"야, 이거 어떻게 된 거냐. 분명 그거 마족들 소환하는 게이트라며."

"……그렇다."

"그런데?"

"저 천족 년 때문에 오류가 생긴 것 같다. 마계의 차원을 뒤

틀어 내뱉어야 할 흑수정이 반대로 인간계의 마법진 위의 것들을 빨아들였다."

"그럼 거기 마법진에 있던 흑마법사들은?"

"원래 그들은 마법진 발동의 희생양들이다."

"아하."

그거는 한시민이 알 바가 아니다.

대충 왜 넘어왔는지 이해한 한시민이 본질적인 질문을 던졌다.

지금 이 상황에서 제일 중요한 질문. 아리아가 알몸으로 그에게 들이대며 따져도 신경 쓰지 않을 만큼 꼭 알아야 할 내용.

"그래서 여기가 마계라고?"

"그렇다."

"그럼 어떻게 넘어가는데?"

"……"

귀환 방법!

마계라는 지역은 분명 메리트가 있다.

유저 최초, 아니, 대륙 최초로 마계에 넘어온 인간이 될 수도 있으니 이를 통해 돈 벌 방법은 무궁무진하게 떠오른다. 실제로 그걸 옮길 생각에 설레기도 하고.

하지만 중요한 건 그것들과는 별개로 어떻게 다시 돌아갈 수 있느냐다.

여기서 아무리 별짓을 다 하면 뭐 하나. 돌아가지 못하면 땡 인데.

돈이야 벌 수 있을 것이다. 방송 켜고 마계 컨텐츠로 진행하면 시청자 수는 보장될 테니까.

다만 한시민은 거기에 만족하는 사람이 아니다.

대륙에 놓고 온 기반은? 돈은? 공주는? 황제는? 보물들은?

한시민이 그로킬레의 멱살을 잡았다. 그로킬레가 고개를 저었다.

"마족들은 흑마법사가 열어주는 게이트로 넘어갈 수 있다. 하지만 인간의 경우엔……. 한 번도 전례가 없어 모르겠군. 또 지금 상황에서 흑마법사들이 게이트를 열 수 있으리란 보장은……."

"……."

한시민이 하늘을 보았다.

시커먼 하늘.

그 하늘이 비웃고 있는 것 같았다. 왠지 모르게.

기분 탓이겠지만. 오랜만에 베타고에게 엿을 먹는 기분이랄까.

눈앞이 깜깜해졌다.

## 2

이런 말이 있다.

"마계에 가도 정신만 차리면 살 수 있다고, 이 띨빵한 놈들아."

"왠지 시민 씨가 그렇게 말하니까 그럴 것 같다."

"맞아. 비록 다시 돌아갈 방법 따위는 지금 우리에게 없지만 뭐 어때! 현실도 아니고 게임에서 무인도에 떨어졌다고 생각하면 되지. 그래도 혼자가 아니고 시민 오빠가 있잖아? 먹을 것도 마법 주머니에 잔뜩 있고 여차하면 마계 음식에도 적응하면 되고. 잠도 현실도 아니고 대충 길바닥에서 자면 되고. 인간의 3대 욕구는 다 채울 수 있으니까 괜찮아."

"성욕은 어디서 채우냐."

"오빠가 있잖아."

"……여기 남자가 셋인데 왜 나야."

"내 취향이라고 해둘게."

어찌 됐든 상황은 좋지 않지만 믿고 의지할 사람들이 있다. 이것만으로 얼마나 위안이 되는가.

원래 사람은 극적인 상황에 처할수록 믿고 의지할 사람이 있으면 큰 힘이 된다.

어째서 암 투병 환자들이 가족의 지극한 정성으로 딛고 일어났다는 말이 생기겠는가.

과학적이진 않지만 마음이라는 게 그만큼 중요하다.

게다가 무엇보다 마계가 낯선 땅이 아닌 자도 있다.

"야, 킬레. 말해봐. 일단 여기서 조금 있어야 할 거 같으니까 대략적인 브리핑을 들어보자."

"……."

"여기서 제일 만만한 놈들, 돈 많은 놈들, 그리고 혹시 게이트가 나왔을 때 바로 들어갈 수 있는 장소 같은 것들."

현지인 그로킬레!

하급 마족들조차도 마계의 지역에 따라 벌벌 떨며 주변의 눈치를 살피기 바쁜데 인간 주제에 이런 여유를 부리는 게 상당히 못마땅하고 마음에 들지 않았지만 숨을 가다듬으며 말문을 텄다.

"마계는 강자존이다."

비록 빌어먹을 인간 놈이지만 일단은 계약으로 묶인 주인님이니까.

참는다.

안 그래도 인간계에서 더럽게 밟히고 무시당하고 치욕당한 것도 억울한데 마계에까지 와서 당할 수는 없지 않은가.

뭐, 당하는 거야 그럴 수 있다고 치는데 혹여 그렇게 치욕을 당하는 사이 다른 마족들이, 그것도 그를 아는 마족들이 보는 순간 그의 마계 인생은 끝이다.

인간에게 처맞고 사는 상급 마족 그로킬레!

그보다 낮은 서열의 마족들은 감히 그의 앞에서 비웃을 수 없겠지만 대신 뒤에서 호박씨를 까며 볼 때마다 기분 나쁜 웃음을 지을 것이고, 그보다 높은 서열은 그를 볼 때마다 놀리며 마족의 망신이라는 별명을 붙여줄 것이다.

물론 그런 일이 생기기 전에 본 놈들을 깡그리 죽일 생각이지만 1%의 가능성도 남겨둬선 안 된다.

설마가 사람, 아니, 마족을 잡는다는 건 이미 설마 마족에게 사기를 치겠느냐는 생각과 함께 서명을 했다가 된통 당하고 있다.

그냥 적당히 비위 맞춰주며 어떻게든 마계에서 내보낼 방법을 찾자.

마계에서 자체적으로 인간계로 향하는 게이트를 열 수 있는 방법이 있었다면 이미 마족들은 이런 번거로운 흑마법사를 거치는 일을 하지 않고 대놓고 대륙을 침략했으리란 생각 따위는 깔끔하게 잊었다.

안 되면 되게 하자!

그로킬레의 연설이 시작됐다.

연설은 길지만 짧았다.

"짧고 굵게. 어차피 네가 가이드 하면 되니까."

"……."

무슨 관광 왔냐.

묻고 싶었지만 을은커녕 정도 안 되는 그로킬레는 고개를 끄덕일 수밖에 없었다.

그럴 거면 대체 왜 설명을 시킨 것인지 또한 불만이 잔뜩 이었지만 그래도 선배나 다름이 없는 카르디안의 조언에 따라 침묵을 지켰다.

해서 움직이기로 했다.

움직이기로는 했는데 또 한 번 제동이 걸렸다.

"마족과 함께 다닐 수는 없어요!"

"아니, 내 말 좀 들어보라니까?"

"흥! 온갖 감언이설로 몸도 마음도 다 줬더니 이제 와서 마족의 개라니! 전 더 이상 따를 수 없어욧!"

바닥에 드러누운 채 땡깡을 부리는 아리아.

그녀의 얼굴엔 불만이 가득했다.

정설아가 내미는 몸을 가리기 위한 로브도 거부한 채 조금도 움직이지 않으려 하는 모습에 한숨이 절로 나왔다.

"아, 왜 이렇게 답답하니. 내가 마족의 개가 아니라 얘가 내 개인 거라니까?"

"누가 누구의 개든 상관없어요. 중요한 건 성녀를 앞장세워 마족의 편임을 숨기고 절 기만했다는 거잖아요!"

"……."

뭐라 할 말이 없다.

세상에서 제일 할 말이 없는 상대가 말이 통하지 않는 상대라더니 그 말이 딱 맞구나.

나오는 것이라고는 한숨이 전부고 뭐 어떻게 힘으로 제압해서 데리고 가려고 해도 아쉽게도 여기서 그녀를 제압해 데려갈 수 있는 자는 없었다.

하려고 한다면 그로킬레에 스페셜리스트와 한시민이 합세해 공격하면 할 수야 있겠지만 그래서 데려가는 게 무슨 소용이 있겠는가. 데리고 다니면서 저 징징거림을 계속해서 들으면 속만 쓰리지.

"진짜 힘으로 제압하게 하지 말고 일어나. 빨리. 여기 위험하다잖아. 사냥터로 따지면 중급 마족존이라고. 너나 그로킬레야 간단하게 간식거리로 찜 쩌 먹을 수 있지만 너희랑 싸우다가 날아오는 공격에 우린 맞으면 그냥 골로 가는 거라고. 알지? 네가 내 예비 목숨 말도 안 하고 다짜고짜 찔러서 없앤 거?"

"……그건 어차피 그쪽이 마족의 편이었으니까 미안하지 않아요!"

"세상에."

아리아의 외침에 돌연 한시민이 정색했다.

"이럴 수가."

"그런 표정 지어봤자 마족의 개에게 미안함 따위 느끼지 않아요."

"역시. 그로킬레나 흑마법사들에게 들었지만 아니라고 굳게 믿고 있었는데, 맞는 말이었던 건가."

"마족들의 이간질에 놀아나는 인간과 말도 섞기 싫어요."

"천족들도 사실은 마족들과 다를 게 없다더니. 겉으로는 대륙의 인간들을 위해주는 척하지만 사실은 인간들이 죽어 나가도 눈 하나 꿈쩍 안 하고 오로지 마족들을 쳐 죽이는 데만 초점을 맞추고 다닌다더니. 난 처음엔 그 말 믿지 않았어. 그런데 아리아 널 보니 알 거 같다. 원래 숲이 어떤지 보려면 나무를 보라 했고, 나이트 물이 어떤지 보려면 입구에서 걸러지는 물을 보라 하더니, 과연 다 현자님들의 말씀이셨군."

"……그게 무슨."

"상급 천족씩이나 된 게 마음에 안 드는 인간이라고, 확인도 제대로 하지 않고 마족의 개일 거라고 단정 짓고 죽이는 건 인간을 벌레 보듯 한다는 증거고, 내 설명은 제대로 듣지도 않고 그저 흑마법사들과 함께 서 있었단 이유로 마족으로 매도하니 너도 마족을 섬기지 않으면 다 죽어 마땅한 쓰레기들로 보는 마족하고 다를 게 없잖아. 그치?"

"……."

당연히 아니다.

아리아가 갖고 있는 신념은 고작 이런 말장난에 흔들리지 않는다.

하지만 그녀의 반박은 나올 수 없었다.

"조용히 하고 들어."

"……."

그녀의 목에 걸린 개 목걸이는 괜히 채워진 게 아니니까.

사실 편하게 하자면 더 편하게 제압할 수 있다. 군이 그로킬레를 앞장세워 무력을 쓰지 않아도.

하나 아리아의 똥고집은 그런 식으로 제압해서 꺾일 만한 게 아닌 것처럼 보였기에 이런 귀찮은 방법을 쓸 뿐이다.

나중에 그로킬레에게 들은 것이지만 자폭을 각오하고 흑수정에 뛰어드는 천족한테 뭘 바라겠는가. 스스로 변하길 바라야지.

해서 자리를 깔고 앉았다.

"자, 들어봐?"

"……."

기나긴 세뇌, 아니, 연설의 시작이었다.

그로킬레의 것과는 차원이 다른 지루하고 길고 따분하면서도 뭔가 듣고 있으면 그럴듯한 연설의.

3

전쟁은 끝이 났다.

비록 흑마법사들의 진지 뒤편의 숲은 다시 복귀한 황실 기사단과 더불어 정예 기사들에 의해 통제되었지만 나머지 전장은 전쟁의 뒷정리를 하기 바빴다. 당연히 전쟁을 하며 생긴 쓰레기를 치우면서 환경을 생각하는 정리 따위는 아니었다.

승자의 특권. 그리고 죽어 나간 동료들 시체의 수습.

수많은 몬스터의 사체를 팔 수 있는 부분만 골라내고 전쟁에서 희생된 자들을 묻어준다.

그들이 떨어뜨린 장비들은 회수하고 또 몬스터나 흑마법사들에게서 떨어진 아이템을 줍는다.

하나하나가 모두 전쟁에 들어간 투자 비용을 회수하는 과정.

열심히 싸운 이들에겐 냉정하게 들릴 수 있지만 티끌 하나마저도 회수해야 한다.

황제는 돈이 많지만 그건 돈이 많고 적고를 떠나 대륙을 다

스리는 데 있어 꼭 필요한 과정.

그렇게 해야 공적을 쌓은 이들에게 보상도 하고 또 혹여 흑마법사들이 몰래 나중에 전장에 떨어뜨린 것들을 회수하러 오지 못하게 차단할 수 있지 않겠는가.

해서 전쟁만큼이나 그 이후의 수습도 열심히 한다.

병사들의 표정엔 여유가 가득하다. 적과 싸우는 게 아니고, 비록 자기가 갖는 건 아닐지라도 귀한 아이템을 줍는 일이기에.

몇 번 해본 병사들의 얼굴엔 웃음도 가득했다.

신입으로 들어온 병사 하나가 그런 표정을 보고 물었다.

"왜 그렇게 표정이 좋으십니까?"

"쉿! 인마. 그런 걸 말하면 어떡해. 사자들이 널린 곳에서."

"앗, 죄송합니다."

"괜찮아. 뭐 죽은 사람들이 어떻게 듣는다고. 혹여 높으신 분들이 지나가다 들으면 경을 치니까 그렇지."

"네, 조심하겠습니다."

"그래, 그리고 좋은 이유야 뭐 있냐. 열심히 줍다가 작은 보석이라도 하나 주우면 그 날로 인생 펴는 거니까 그렇지."

"그걸 가져가도 되는…… 읍읍."

"미쳤냐. 조용히 하라고, 인마. 확 씨. 내가 아끼는 놈만 아니었으면 그냥 발라 버리는 건데."

"죄, 죄송합니다."

"아냐, 됐고 너만 알고 있어."

"예."

"뭐 딱히 비밀이랄 것도 없지만 들키지 않고 잘만 숨기면 한두 개 꼬불치는 건 어렵지 않단 말이야. 너 같은 쫨찌가 할 수 있는 일은 아니지만. 알아뒀다가 나중에 써먹어라."

"네!"

"그래, 그러니까 혹시 찾으면 나한테 가져오고. 매정하게 들릴 수도 있지만 다 그런 거다. 억울하면 너도 계급 높이 든가."

"알겠습니다."

워낙 수습하는 사람이 많고 전쟁 직후라 정신도 없다.

회수하는 아이템들엔 목록도 없으니 몸속에 잘만 숨기면 대충 훑고 지나가는 검색에 들키지 않고 몰래 빼돌릴 수도 있다.

그러니 표정이 좋지 않을 수가 있나.

전쟁 통에서 살아남은 것도 반가운데 한몫 단단히 챙겨 고향으로 돌아갈 수도 있다.

그렇기에 전쟁 때보다 더 열정적이었다.

알 만한 병사들은 눈에 불을 켜고 반짝이는 것들을 찾아 나섰다.

물론 적당히 위장하기 위해 아이템들도 주웠지만 널린 게 시체와 아이템들이라 그런 부분엔 큰 문제가 없었다.

하나만 찾자!

한몫만 잡자!

당연한 이야기지만 병사들만 그런 생각을 하는 게 아니었다.

유저들!

커뮤니티를 통해 소문이 퍼지지도 않았음에도 눈치 빠르고 게임 좀 할 줄 아는 유저들은 전부 전쟁터로 몰렸다.

심지어 전쟁을 참여하지 않은 유저들도 왔고, 하물며 게임을 아예 하지 않던 사람들도 계정을 만들어 오는 일까지 벌어졌다.

그만큼 이곳은 소문나지 않았지만 모두가 몰려오는 노다지였다.

하지만 그 희망의 땅은 시간이 지날수록 절망만 드리우는 장소가 되었다.

딱히 누군가가 소리치지 않아서가 아니다.

뭐가 없다. 그냥.

내가 아니더라도 누가 주울 때가 됐는데도 그런 기미조차 없다.

완벽하게 연기하는가 싶어도 분위기가 그런 것 같지가

않다.

이상했다.

그냥.

마치 누가 이미 다 쓸어간 듯 느낌이 들었다.

그렇게 이상한 분위기는 한참 동안 이어졌다.

4

한시민 일당은 한참이 지난 뒤에야 움직일 수 있었다.

"······."

"입 집어넣어."

"쳇."

"쳇? 아직 정신교육이 덜 됐나 보네?"

"너무해요. 상급 천족을 이런 식으로 다루다니. 정말 신이 두렵지도 않으세요?"

"응, 안 두려워. 내가 세상에서 제일 두려워하는 건 돈뿐이 거든."

"······."

입을 삐죽 내민 채 다시금 건넨 로브를 대충 가릴 부분만 가리고 걷는 아리아와 함께.

장장 한나절에 걸친 긴 설교를 통해 아리아는 그나마 한시민의 말을 듣는 수준까지는 도달했다.

"진짜 대단하다, 시민 오빠. 저거 거의 주지 스님을 기독교로 개종시킨 급 아니야?"

"그거보다 더하지. 아리아 입장에서는 마족은 거의 신을 배척하는 사이비 종교인데. 힌두교 사람한테 소고기를 먹는 건 결코 나쁜 게 아니라고 설득까지는 시킨 거 같은데, 시민 씨가."

"이러다 조금 있으면 소고기도 먹게 만드는 거 아냐? 몸에 좋은 거라고."

"……."

정말 말을 하면서도 이게 무슨 말인지 개똥인지 이해가 되지 않을 정도로 어이가 없는 상황이다.

여기서 더 어이가 없는 사실은 그게 정말 현실이 될지도 모른다는 것이겠지.

마족만 보면 이를 가는, 그것도 그녀에게 씻을 수 없는 치욕의 상처를 남긴 게 마족이기에 더더욱 그런 아리아가 마족의 편에 선 한시민을 배척하지 않고 삐진 표정을 한 채 고분고분 말을 따르고 있다는 것만으로도 가능성은 충분하다.

"저 목걸이 때문일 거야."

"그렇게 믿고 싶다."

"시민 씨가 저걸로 참 말을 잘하긴 했지."

그렇게 말하면서도 그렇지 않다는 사실은 스페셜리스트가 누구보다 잘 안다.

애당초 죽음을 두려워하지 않던 아리아다.

굴복?

고작 목숨을 담보 잡혀 굴복당할 그녀가 아니다.

적절한 제압과 함께 이어진 연설이 효과가 있었던 거겠지.

"어휴."

어찌 됐든 마계에 도착하고 하루가 지나 드디어 움직이게 된 일행은 정처 없이 걸음을 옮겼다.

"어디로 가는 건가."

토박이 그로킬레가 의아해서 물을 때까지.

한시민이 고개를 갸웃했다.

"그걸 왜 나한테 묻냐?"

"……?"

동시에 모두의 발걸음이 멈춰 섰다. 그리고 시선이 그로킬레에게 향했다.

"왜 나를 보는 것이지?"

"……."

한시민을 노려볼 순 없잖아.

모두가 한시민에게 향하려는 시선을 애써 잡으며 그를 계속 보았다. 그리고 그런 응원들에 힘을 입은 한시민이 뻔뻔하게 내뱉었다.

"그럼 너 말고 누굴 보냐. 너희 집에서 주인이 길도 모르고 손님한테 어디 가고 있느냐고 묻는데. 어이가 있을까, 없을까."

집이라니.

"마계가 얼마나 넓은지나 알고……."

"알 바 아니고."

"여하튼 목표를 말해준다면 안내하겠다."

"음."

더 따지고 싶었지만 말하면 입만 아프다는 걸. 아니, 몸도 아파진다는 걸 똑똑한 그로킬레는 이미 한 번 경험했다.

또 한 번 경험하고 싶지는 않기에 꼬리를 말았다.

한시민이 잠시 고민하다 진지한 표정으로 계획을 말했다.

"마왕."

"마왕?"

"그래, 마왕. 마왕한테 안내해."

"……."

"……."

말과 함께 필사적으로 붙잡던 시선들이 서로 약속이라도 한 듯 한시민에게 향했다. 그 시선들엔 황당함과 더불어 의문이 가득했다. 그리고 그건 그로킬레가 가장 컸다.

"진심이냐, 인간."

"그럼 뭐 심심해서 말하겠냐."

"……마왕은."

"어차피 여기서 돌아다니다가 다 망해서 도망치는 흑마법사들 기다리다가 늙어서 캡슐 켤 힘도 없어질 때까지 기다림에 지쳐 접든지 마왕한테 가서 방법을 내놓으라고 협상하든지 뭘 해도 상관없잖아."

하지만 의문에도 한시민은 태연했다. 그의 태연함은 모두의 불안을 잠식시키는 훌륭한 결과로 이끌었다.

"그러네. 마왕한테 물어보고 방법이 없으면 없는 거고. 지금 밖 상황은 거의 흑마법사들이 마계 게이트를 열기는커녕 살아서 숨을 수 있다면 영혼이라도 팔 거 같던데, 자급자족 아니면 답도 없지."

어쩌면 유저만의 특권이기 때문일 수도 있다.

마왕이고 뭐고 가서 말이라도 걸어보자. 자기네들도 대륙을 침공하고 싶을 텐데 무슨 최후의 방법 같은 게 있지 않을까.

또 커뮤니티를 통해 접하는 네 번째 시나리오 퀘스트의 내용을 보았기 때문이기도 하다.

"현 마왕은 지금껏 마왕 자리에 오른 그 어떤 마왕보다 악독하고 영악하고 강하다. 나조차도 감히 마왕에게 말을 붙여

볼 생각도 하지 못했는데……. 차라리 흑마법사 중 한 명이 영혼을 희생해서라도 게이트를 여는 걸 바라는 게……."

"아니, 이 빡대가리 놈아. 너라면 온 대륙이 승리에 취해서 흑마법사고 마족이고 보이면 족쳐서 가죽이라도 벗겨 축제를 열 판인데 거기서 내가 죽더라도 마족을 소환하겠다! 하면서 게이트를 열 흑마법사가 있다고 생각하냐."

"그래도……."

"안내하든지 아니면 그냥 뒈지든지."

"안내하겠다."

길고 긴 합의 끝에 나아갈 방향이 결정됐다.

황제가 마법진 밖에서 마법진을 유심히 살폈다.

"어떤가."

"별다른 특이점은 없습니다. 폐하. 마법진 자체도 일회성이고 자세한 마법진의 회로를 알 수는 없지만 흑마력의 이탈이 상당한 것으로 보아, 또 마족들이 소환되지 않고 흑마법사들만 희생된 것으로 보아 마법진을 발동하는 중 이상 현상으로 인해 잘못 발동된 것으로 보입니다."

"다시 발동할 가능성은?"

"매우 희박합니다."

"그렇다면 해체는?"

"이 또한 매우 희박합니다. 흑마법사 마법진의 경우, 애당초 마법사들이 쓰는 마법진에서 마족들의 지식이 결합되어 설계되고 발동되기에 흑마법사들조차도 전문적인 지식과 완벽한 이해가 뒤따르지 않으면 잘못 발동되는 건 둘째 치고 발동조차 되지 않는 경우가 다반사입니다. 거기에 이 마법진이 폐하께서 말씀하신 대륙과 마계를 잇는 대규모 차원 이동 마법진이라면……."

"알았다."

다른 이도 아니고 마탑주의 말이다.

황제 역시 눈에 거슬리는 걸 치우고 싶은 마음에서 물어봤을 뿐 진짜 할 수 있으리란 기대는 크게 갖고 있지 않았다.

"감시 병력을 항상 두고 최우선 보고를 명하라."

"예, 폐하."

비록 정체를 알 수 없는 마법진에 어째서 발동과 함께 별다른 일이 생기지 않았는지에 대한 의문은 여전히 있었지만 다행이지 않은가.

만약 정말 이 마법진을 통해 마족들이라도 잔뜩 쏟아져 나왔다면.

그랬으면 도망치고 있는 건 흑마법사들이 아니라 대륙군일지도 모른다.

그런 긍정적인 방향과 함께 마법진은 잠시 잊었다. 특이 사항이 생겼을 때 대처해도 늦지 않다.

지금 중요한 건 꼬리를 말고 죽어라 도망만 치는 흑마법사들의 소탕!

고비 하나를 넘긴 황제가 황궁으로 향했다.

오랫동안 보지 못한 공주를 볼 생각을 하니 벌써부터 피로가 씻겨 나가는 기분이다.

그러면서 동시에 미안했다.

"공주가 그놈하고 같이 오라고 했는데 약속을 지키지 못하겠군."

그놈의 한시민.

전쟁이 끝나면 꼭 데리고 와달라고 요즘 따라 더 극성인 공주의 부탁을 들어주지 못하는 아비의 죄책감이란.

어째서 그녀가 그토록 보채는지 얼마 전 공주의 방에서 있었던 일을 알면 결코 이렇게 미안하지 못하겠지만 황제는 한시민에 대한 걱정도 조금 했다.

"혹 흑마법사들에게 휩쓸려 어떻게 되기라도 한 건 아니겠지."

그냥 약간의 걱정일 뿐이다.

어차피 모험가고 다시 살아나 어딘가에서 또 돈을 삥 뜯기 위해 동분서주 돌아다니고 있으리라.

걱정을 하려 해도 이렇게 안심부터 되는 놈이라니. 허허.

웃음이 나왔다.

5

켄지 또한 한시민을 생각했다. 그의 경우엔 걱정이라기보단 불안함이었다.

"전쟁터에서 그렇게 돌아다니던 놈이, 전쟁을 승리로 이끈 장본인이 된 후 귀신처럼 사라졌다?"

그럴 수도 있다.

한시민이야 그렇다 치고 스페셜리스트 같은 경우엔 어찌 됐든 메인 퀘스트 시나리오 3막을 클리어했다는 뜻이니까.

아니, 클리어했는지 안 했는지는 확신할 수 없다. 이토록 현실성 넘치는 게임에서 스토리 진행에 따라 퀘스트 자체가 실패로 뜨고 넘어갈 수도 있으니까.

어쨌든 그렇기 때문에 다음 퀘스트만큼은 선점하고자 움직였을 수도 있다.

흑마법사들과 함께 움직이는 스페셜리스트의 특성상 가장 위험한 퀘스트 대상임과 동시에 메인 퀘스트 시나리오 4막을 제일 열심히, 그리고 많이 독점할 수 있는 유리한 위치를 점하고 있는 건 사실이니까.

거기에 한발 걸치기 위해 움직였다면 이해가 간다.

하나 실시간으로 홀로그램을 통해 뜨는 4막의 랭킹엔 스페셜리스트는커녕 한시민의 이름도 찾아볼 수가 없다.

혹시 몰라 페이지를 넘기고, 넘기고, 넘겨봐도 보이지 않는다.

본거지로 돌아가 기회를 엿보려고 그러나 생각해 봐도 그럴 수가 없다.

공을 세우려면 지금이 절호의 기회다.

흑마법사들이 바보도 아니고 이미 뿔뿔이 흩어져 제 살길을 도모하는 와중에 어디 모일 장소 따위가 있을 리 없지 않은가.

아니, 있다고 해도 그런 곳에서 흑마법사들 전체와 싸워 이긴다?

아무리 그들이 도망치고 있다 한들 유저들 정도는 그냥 어린애 보듯 발라 버릴 힘은 있다.

그렇다면 뭘까.

불안할 수밖에 없다. 그게 아니라면 사실상 자취를 감출 이유가 없기 때문이다.

그냥 피곤해서 게임을 종료했다? 하루에 20시간 이상 게임을 플레이하는 것으로 추정되는 유저가?

그런 어처구니없는 가정을 한다 해도 너무 많은 시간이 지났다.

벌써 며칠이다.

생색내며 황제에게 보상을 뜯어내도 이상하지 않을 놈이 보이지 않는다는 건 단 하나만을 의미한다.

무슨 일이 생겼다!

어쩌면 죽었을지도 모른다.

오늘로써 한시민이 보이지 않은 지 딱 이틀째.

슬슬 모습을 드러내면 죽었으리란 추측이 어느 정도 들어맞는다.

'죽었다면…….'

하지만 켄지는 웬만하면 다른 쪽으로 생각하고 싶었다. 죽는 건 생각해 보면 기분이 좋지만 달라지지는 않는다. 다시 나타나 활개 치면 지금 그가 누리고 있는 것들이 또다시 빛을 잃을 테니까.

해서 기도했다.

뭔지는 모르겠지만 계속 나타나지 마라.

전쟁에서 성역만큼은 아니지만 레전더리 등급의 마도사와 함께 큰 공을 세운 이번만큼은 꼭 영광을 온전히 누리고 싶다.

그의 기도는 다행히 먹혔다.

누구보다 발 빠르게 길드원들과 영지 NPC들을 풀어 전장에서 값나가는 물건들을 회수하겠다는 작전은 실패했지만.

"폐하께서 부르셨습니다."

"……!"

"3일 뒤 오전까지 황궁에 도착하시면 됩니다."

기회가 왔다. 5일이 지난 지금도 한시민은 여전히 모습을 보이지 않고 있다.

그런 와중에 진행되는 황제의 공헌에 대한 사사!

그렇다는 말은?

'내가 유저 최정상이다.'

그냥 타이틀이 아니다.

이제 시나리오 4막이다.

거기에 따라오는 보상들은 감히 유저들이 네임드 몬스터나 잡으며 얻어내는 저레벨 아이템들과는 비교할 수 없을지도 모른다.

침이 삼켜졌다.

그러면서 하루하루가 가시밭길이었다.

제발 나타나지 마라. 매번 이러면서 꼭 나타나서 방해하더라.

거의 징크스 같은 일들의 연속이지 않았던가. 이번에도 왠지 다르지 않을 것 같다.

하나 이번엔 달랐다. 약속 당일 아침까지, 황제가 단상에 올라갈 때까지도 한시민은 보이지 않았다.

켄지가 속으로 감사를 표했다.

'역시. 돈은 배신하지 않아.'

바람직한 한시민 호구의 마음가짐이었다.

6

보좌관은 안절부절못했다.

"흑마법사라도 쳐들어오면 어쩌나."

그 역시 전쟁의 상황 정도는 이미 들은 상태긴 하다.

대륙군이 이겼고 흑마법사들은 쫓겨 도망치고 있다.

걱정할 필요가 없는 상황이긴 하다.

하지만 그는 태생이 리치 영지를 위한 보좌관. 만에 하나의 상황에도 불안해할 수밖에 없다. 게다가 이미 밑바닥에서 근근이 살아오던 기억마저 뼛속 깊이 박혀 있지 않은가.

잘못되면 다시 그 시절로 돌아갈까 두려워한다.

물론 그가 돌아가는 건 두렵지 않다. 원래 돈이야 있다가도 없다는 것쯤은 과거 한창 잘나가던 리치 영지를 아기 때 보았었으니까.

걱정되는 건 영지민들이다. 그를 믿고, 영주님을 믿고 따라와 이제야 빛을 조금 보는 불쌍한 영지민들이 다시 몬스터에 죽을까 봐 하루, 하루를 힘겹게 살아가야 한다는 그 불안감이란.

"성역이 언제 돌아오려나."

그렇기에 안심할 수 없었다. 영지의 방범은 잘되어 있지만 내부적으로 저주나 역병엔 너무나도 취약하다.

임시방편으로 신전의 사제들을 모시긴 했어도 그래도 역시 안심할 수 없다.

집에 성역이 설치되어 있다가 대충 성수만 뿌리는 수준으로 변했는데 어찌 만족할 수 있겠는가.

하나 보좌관의 그런 걱정에도 한시민은 돌아오지 않았다.

다행히 흑마법사들도 리치 영지 쪽으로는 코빼기도 모습을 비추지 않았다.

상식적으로 올 수가 없다.

자기 살기도 바빠서 열심히 흩어지는 흑마법사들이 어찌 가는 길에 리치 영지에 복수라도 하겠다고 스며들겠는가.

전혀 없는 가능성은 아니지만 그보다 10배는 더 대비를 하고 있는 보좌관의 방비를 뚫을 수는 없을 것이다.

하루, 이틀.

그럼에도 걱정의 시간들이 흐르던 와중.

보좌관이 기다리던 한시민, 아니, 성역은 아니지만 반가운 얼굴들이 영지로 돌아왔다.

"어? 얘들아."

"뀨뀨뀨뀨!"

"뀨뀨!"

토끼들!

가끔 영지에 들러 이것저것 두고 가긴 했지만, 전쟁이니 뭐니 보좌관이 워낙 바빠 얼굴 볼 틈도 없이 다시 사라졌던 토끼들이 돌아왔다.

"어휴, 일단 좀 씻어야겠다. 일로 와."

"뀨우!"

온몸이 흙투성이가 된 채, 입에 각자 세 개쯤은 되어 보이는 마법 주머니를 문 채. 아니, 물고 있는 게 끝이 아니었다.

"……이게 뭐니, 얘들아."

"뀨우! 뀨우!"

"헉!"

방어구에서도 튀어나오고, 몸에 보관할 수 있는 장소에서는 다 튀어나온다.

그렇게 나온 마법 주머니가 500개가 넘었다.

그리고 몇 개의 마법 주머니를 열어본 보좌관의 몸이 굳었다. 동시에 걱정이 싹 사라졌다.

"이거면……."

어쩌면 거의 완성되어 가고 있는 리치 카지노를 더 화려하고 완벽하게…….

한시민이 들었다면 거품을 물고 쓰러질 생각과 함께 토끼들의 착한 도둑질은 공금으로 돌려졌다.

# Episode 48.

## 사막에서 모래 팔아먹을 놈(2)

마왕에게 가는 길.

말로만 들으면 뭐 그렇게 어려워 보이진 않는다. 마왕이 무슨 신도 아니고 마왕이 사는 집을 찾아가면 되는 일이니까.

하지만 그로킬레의 말에 따르면 거의 그 급이라고 보면 된다고 했다.

"마계에서 마왕은 곧 서열 1위다. 서열 1위라는 자리는 마계를 좌지우지할 수 있는 자리고 동시에 마계의 모든 이에게 명령할 수 있는 유일한 존재지. 당연히 모든 마족은 그 자리에 도전하고자 숨을 쉴 때마다 생각하고 기회를 엿보고 기회가 된다면 무슨 짓을 해서든, 설령 팔다리가 잘리는 한이 있어도 도전한다."

"그러다 뒈지면?"

"죽는 거다."

"……참 할 짓 없는 인생들이네."

"어찌 됐든 그런 놈들이 득실거리는 마계이기에 마왕이 기거하는 공간은 다른 마족들이 쉽게 도달할 수 없을 수밖에 없다."

"마왕 혼자 살지는 않을 거 아냐. 시중드는 마족들이 배신하면?"

"마왕성에 기거하는 모든 마족은 마왕과 종속의 맹약을 맺는다."

"아, 그 흑마법사들이 맺던?"

"그렇다."

"그거 얼마 하지도 않는 마법이던데."

"가장 기본적임과 동시에 가장 간단해서 또 가장 절대적인 종속이 될 수밖에 없지."

"그렇다 치고. 그래서 네 말은 지금 가는 길이 상당히 위험할 수도 있다?"

"그렇다."

"겁쟁이네. 내가 마왕이라면 자신 있으니까 그냥 뒈지고 싶은 놈들 다 찾아오라 해서 가죽까지 벗겨먹을 텐데."

"……."

더 대답할 가치가 없는 말에 그로킬레는 시선을 돌렸다.

맞는 말이긴 하다.

강자존인 세상에서 서열 1위의 자리에 도전할 기회는 언제든 열려 있는 게 맞다.

하지만 그것도 하루 이틀이지 1주, 1달, 1년, 10년, 100년. 하루 24시간 버러지 같은 것들까지 포함해 달려들면 누가 마왕이라는 자리에 앉아 있으려고 하겠는가.

마왕은 절대 고결하다.

마계를 이끌어야 할 수장이다.

싸움만 해대는 마족들에게도 지켜져야 할 최소한의 규칙. 세상이 돌아가기 위한 원동력.

그렇기에 마왕의 자리에 도달하는 길은 훨씬 더 멀고 험해졌다.

일종의 자정작용이다.

자격조차 되지 않는 것들은 애초에 도전조차 할 생각을 하지 마라. 단, 그런 시련을 뚫고 마왕을 꺾을 수 있는 자, 혹은 세력이라면 마계를 가져도 좋다.

그런 순수하고 깨끗한 도전 의식을 돈 따위랑 엮어 생각하는 놈하고 무슨 말이 통하겠는가.

"너 지금 내가 귀찮아서 대꾸 안 하는 거지?"

"그럴 리가."

"그런 거 같은데? 너 이 새끼. 너희 집 안방이라고 딴마음먹으면 알지? 내가 죽을 땐 절대 혼자 죽지는 않는다."

"……알았다."

"아!"

그렇게 티격태격 적당히 덤벼드는 마족들을 상급 마족 그로킬레의 면상만으로 쫓아 보내면서 마왕이 기거한다는 마왕성 구역으로 향하는 도중 한시민의 걸음이 멈췄다.

무언가 깨달음을 얻은 표정!

동시에 스페셜리스트를 본다.

"혹시 죽으면 돌아갈 수 있지 않을까요?"

"……?"

"죽으면 복귀하잖아요. 지정된 성으로."

"아!"

아주 간단하고 기본적인, 누구나 할 수 있는 생각이다.

하지만 레벨이 높아질수록 등잔 밑이 어두운 격으로 하기 힘든 생각이기도 하다.

50레벨만 넘어도, 아니, 10레벨만 넘어도 죽음으로 인해 얻은 페널티는 또 하나의 세상에서는 곧 장기 휴가나 다름이 없고, 특히 레벨 경쟁을 통해 하루 1시간도 허투루 쓰지 않는 랭커들에게 죽음은 곧 진짜 죽음과 다르지 않다는 인식까지 먹히고 있는 상황이니까.

게다가 스페셜리스트다.

현재 메인 퀘스트를 이끌어 나가고 있는 선두 주자! 그런 이들이 어찌 죽음을 생각해 보았겠는가.

"……그러네. 죽으면 어쩌면……."

"그런데 죽어서도 못 돌아가면 어쩌죠?"

"그건 그렇죠."

해서 괜찮은 방법임에도 꺼려질 수밖에 없다.

정말 방법이 없으면 그거라도 써야겠지만 사람이란 원래 최악의 최악까지 닥치지 않고서는 어지간해선 자신이 생각한 최후의 방법을 쓰고 싶지는 않을 테니까.

게다가 만약 된다고 해도 문제다.

"죽어서 돌아간다고 쳐도 떨어뜨리는 아이템은……."

"그거야 그로킬레가 주워서 돌아오면 되니까요."

"……."

이런 대책 없는 해결책 따위를 믿을 수 없는 현명한 지식인이라면 부담될 수밖에 없으니까.

운이 나빠 무기라도 떨어뜨리면 빼도 박도 못하고 다시 구해야 한다.

거기다 한시민의 경우엔 신경 써야 할 문제가 더 있지 않은가?

"그로킬레하고 아리아가 넘어오지 못할 수도 있는데 괜찮아요?"

"당연히 안 괜찮죠. 어떻게 얻은 개들인데."

그런 문제까지 생각했을 경우 제안한 한시민도 별로 내키지 않기는 마찬가지다.

하지만 그런 말을 꺼낸 이유는 하나다.

"그냥 최악의 상황엔 도전해 볼 법하다는 거죠. 사실 마왕이 저희랑 말을 섞어줄지도 의문이고. 우리야 인간이고 흑마법사고 하니 그렇다 쳐도……."

"왜, 왜 절 봐요!"

"마족이라면 아주 질색을 하는 천족을 보고 어느 마왕이 반갑다고 손님 대접을 해줄지 모르니까. 뭐 우리가 죽음이라는 선택지를 고르기도 전에 강제적으로 당할 수도 있으니까 희망을 갖자 이 말이죠."

"……."

네네, 참 희망적이네요.

뭐라 반박할 수 있는 말은 아니다.

말마따나 마왕을 만났는데 그 마왕이 마계에 온 인간은 너희가 처음이라며 기쁘게 반겨준다는 생각은 그야말로 책방에 가면 세 권 중 한 권꼴로 볼 수 있는 흔한 퓨전 판타지 소설에서나 볼 수 있을 법한 설정이니까.

신기해하긴 할 것이다.

하나 호의를 보인다?

호의보단 호기심 수준이면 다행이리라.

거기에 상급 천족까지 껴 있는 파티라.

어쩌면 아리아가 빠지는 편이 훨씬 나을지도 모른다.

하나 그걸 입 밖으로 내뱉는 사람은 없었다. 군이 빠진다고 더 나은 상황이 연출되리란 보장이 없으니까.

모든 게 불확실한 차원이다.

일단 가 보자. 가 보면 어떻게든 되겠지. 정말 죽으면 어쩔 수 없는 거고.

다만 바랄 뿐이다.

최악에 최악의 상황. 그렇게 죽었는데도 마계에 그대로 남아 있다면.

"……."

그 상황만 닥치지 않길.

## 7

공헌에 대한 보상 수여식은 화려하고 거창하게 이루어 졌다.

아직 흑마법사를 완전히 소탕한 건 아니지만 완벽하게 전 쟁에서 이겼고, 소탕하는 거야 시간문제인 상황에서 전쟁에 기여한 사람들에게 칭찬과 함께 사기를 드높여 남은 잔당들도 열심히 잡으라고 격려하는 자리.

한마디로 더 열심히 구르라 황제가 말하는 자리.

모두가 알지만 모두가 참여했다. 그런 자리에 참여하지 않고선 대륙에서 살아갈 수 없으니까.

황제의 뜻이 그러하다면 따라야 한다. 따르지 않는다고 죽지는 않지만 더 높은 자리, 명예, 돈을 얻지 못한다. 그렇기에 사람들은 이런 자리를 좋아했다.

좋아할 수밖에 없다.

"자작의 자리에 임명하고 1,000골드를 포상한다."

고개를 조금 숙이고 황제를 위해 개처럼 일하면 황제는 그에 맞는 보상을, 아니, 그보다 더한 보상을 수여하니까.

그냥 열정 페이식으로 부려먹는 황제도 아닌데 어찌 싫어하겠는가.

특히 켄지는 이 자리가 가장 반가운 사람 중 한 명이다.

'시민이 없다.'

결국 마지막까지 나타나지 않았다. 그가 나타난다고 켄지가 받을 포상의 규모가 줄어든다거나 하는 일은 벌어지지 않았겠지만, 시청자들에게 주목받는 정도의 크기가 달라지는 것만으로도 충분히 판타스틱 월드의 인지도에 목숨을 거는 그에겐 만족할 만한 상황이다.

아무래도 시청자들 입장에선 현실에서 만날 일도 없는

NPC들의 활약보단 그래도 보다 친근하고 대리 만족을 느낄 수 있는 유저들에게 집중하는 게 사실이니까.

"그대에게 모험가 대표로 징벌의 검을 하사하겠노라. 남은 흑마법사들의 씨를 뽑아오라."

"예! 폐하!"

포상이 끝나고 난 뒤 켄지는 더 이상 한시민을 신경 쓰지 않기로 했다. 이제 그의 폭리에 휘말리지 않아도 될 만큼 성장했다.

징벌의 검! 황제가 직접 검을 하사하다니!

"조만간 시민을 신뢰하는 것보다 날 더 신뢰하게 만들어 주지."

헛된 꿈을 품은 켄지가 열정을 품었다.

한시민의 아공간 창고 어딘가 쓰레기처럼 구르고 있는 제국의 상징의 존재도 모른 채.

⑧

마왕성을 향해 가는 길은 멀었다.

"야, 왜 이렇게 멀어."

"마계는 넓다."

"아니, 그러니까 마왕성까지는 왜 이렇게 머냐고."

"마계가 넓으니 당연히 마왕성까지도 멀다."

"……."

주먹이 절로 불끈 쥐어지는 가이드의 불친절한 말까지.

신경을 긁긴 충분했다. 그나마 다행인 점이라면 그로킬레가 카르디안의 충고를 기억해 내고 얼른 말을 바꿨다는 점 정도랄까.

"우리가 떨어진 장소는 마왕성과 거의 정반대편이라고 봐도 무방할 정도였다. 거기다 마왕성은 원래 새로운 마왕이 탄생하면 옮겨가는 법. 하필 이번 마왕이 기거하는 구역은 마계에서도 구석이다."

"마왕이 무슨 서열 1위라더니 마계 서열 1등 겁쟁이냐. 자고로 마왕성이나 영지는 나처럼 사방에서 공격해 와도 꿇리지 않는 그런 곳에 만들어 놓고 도전을 받아야 그에 맞는 실력을 갖췄다고 인정해 주는 거지."

"……."

돌아오는 건 어쩔 수 없이 황제가 건넨 황무지 영지와 그걸 발전시켜 개미 새끼 한 마리 접근하지 못하게 성벽마저 15강으로 강화한 겁쟁이의 변명뿐이었지만, 어쨌든 그렇게 시간을 보내며 걷고 뛰고 하다 보니 결국엔 다다랐다.

마왕의 영토.

"뭐 달라지는 거 같은 건 없는데?"

"공기가 달라졌지 않은가."

"뭘 공기."

"짙은 향이 느껴지지 않나?"

혼자 심각한 그로킬레의 말과 함께 아리아도 인상을 찌푸렸다.

"나네요. 아주 불쾌한 향기. 설마 이 향기는……."

"뭐야, 뭔데. 우리도 좀 알자. 오빠, 오빠는 알아?"

"잘 모르겠는데."

둘만의 심각한 이야기에 귀를 기울인다.

설레발 치지 않아도 진지한 표정으로 묻는 아리아의 질문에 그로킬레는 별다른 생각 없이 대답해 주었다.

"그래, 천계엔 아직 모르는 연놈들이 많겠군. 현 마계를 이끄는 마왕은 서큐버스족이다."

"……!"

혼란의 도가니!

충격에 아리아가 한 발자국 뒷걸음질 쳤다.

"어떻게 서큐버스 따위가……. 마계가 그토록 나약해졌나요?"

"말조심해라, 천족 년. 봐주는 것도 한계가 있다."

"흥! 그래 봤자 서큐버스 따위에게 마왕을 넘겨준 주제에 하나도 무섭지 않네요."

그리고 다시 시작되는 개와 고양이의 싸움.

한시민이 적당히 말리고 물었다.

"내가 아는 그 서큐버스?"

"그렇다."

"그 남자들 정기 빨아먹고 그런?"

"맞다."

"그 종족이 마왕이라고? 그럼 여자야?"

"……."

어째서 결론이 그렇게 나는지는 모르겠지만 그로킬레는 고개를 끄덕였다. 끄덕이는 그의 표정엔 치욕이 가득했다.

사실 마왕이 바뀐 지는 꽤 됐다.

마족과 천족 입장에서는 그리 길지 않은 세월.

백 년이 조금 넘었지만 천계에 알려지지 않은 이유는 두 차원 간 소통이 원활하지도 않을뿐더러 마족들이 혹여 천족을 만나더라도 그 부분에 있어선 쉽게 말을 하지 않기 때문이다.

아마 이번 마왕 대에선 역시 부끄러워서가 가장 큰 이유일 것이다.

서큐버스가 마왕이 되었기 때문에 부끄러운 건 절대 아니다.

어차피 마계는 강자존.

서큐버스가 되든 마계에 돌아다니는 똥강아지가 마왕이 되든지 그건 정당한 실력을 통해 쟁취해 낸 것이기 때문에 누구도 태클을 걸 수 없고 불만을 표할 수 없다.

하나 부끄러운 건 그들이 서큐버스에게 졌다는 사실 때문이다.

그건 어쩔 수 없는 치욕이다.

이를테면 이런 느낌이랄까.

고등학교에서 짱을 뽑는데 평소 공부만 하던 무리라고 비웃고 무시하던 무리에서 짱이 나왔다.

이상한 일은 아니지만 그래도 치욕이다.

특히 그로킬레 같은 경우엔 아리아를 무시할 때도 보였지만 여성체에 대한 비하가 심하다.

여혐이라기보단 남성체가 갖는 우월함에 대한 신봉이랄까.

"쯧쯧. 인마, 약하면 다 고개 숙이고 그런 거지 뭘 그렇게 쪽팔려 하고 그러냐. 힘내라."

"……."

"내가 왜 널 위로하고 있는지 잘 모르겠지만 인간들도 그래. 여자가 남자보다 돈 더 많이 벌어오고 그러면 남자들이 고개 숙이고 침대에서도, 어? 낮져밤져가 될 수도 있는 거고 말이야. 앞으로 더 분발해서 돈 벌면 되는 거지 뭘 그렇게 축 처져 있어."

그걸 눈치챈 한시민이 혀를 차며 그로킬레를 토닥여 주

었다.

그의 입장에서야 마왕이 누구든 크게 중요치 않다. 아니, 오히려 서큐버스면 좋다.

"그런데 서큐버스면 예쁘겠지?"

"……."

"한번 보고 싶다."

개인적인 욕심 때문은 아니다.

결코.

하늘에 맹세코 아니라고 할 수 있다.

그런 그의 결백함을 의심할 사람도 없다.

그의 곁에서 매력을 어필하는 미녀들의 수만 봐도 그녀들을 두고 서큐버스에 관심을 둔다는 건 말도 안 되는 일이니까.

해서 목적은 하나다.

"방송 좀 켜야겠다."

계획했던 마계 방송.

제목만 걸어도 평소 보던 시청자의 두 배는 쪽쪽 빨 수 있을 것 같은데 거기에 첫 방송이 눈 호강 되는 서큐버스들의 영역이라면?

"켰으니 안내해."

"……?"

"마왕이고 뭐고 일단 여기가 서큐버스의 영역이라며. 많이 뭉쳐 있는 데로 안내해."

"서큐버스라고 무시할 만한 그런⋯⋯."

그로킬레의 마지막 말은 깔끔하게 무시되었다.

이미 그의 말투에서 서큐버스에 대한 무시가 잔뜩 담겨 있었는데 이제 와서 무시할 수 없다는 말은 한시민에게 통하지 않는다.

"덤벼들면 네가 알아서 조져."

"⋯⋯."

돈을 벌 수 있는 기회 앞에서 한시민은 그 어느 목숨을 건 영웅보다 용기가 넘쳤다.

대답 따윈 듣지도 않은 채 나아가는 걸음은 활기찼다. 그러다 이내 어느 정도 거리가 벌어지자 멈춰 서 외쳤다.

"빨리 앞장 안 서냐?"

곧 죽어도 그가 앞장서는 일은 없었다.

대륙은 흑마법사 뒤처리로 바쁘고 떠오르는 켄지에 대한 관심으로 시끌벅적했지만 그 와중에도 한시민에 대한 궁금증과 스페셜리스트에 대한 의문은 가시지 않았다.

어디서 뭘 하고 있을까. 이런 꿀을 놓칠 놈이 아닌데.

한시민의 팬들은 하루에도 몇 번씩 그의 개인 채널을 들락거리면서 혹시 방송이 켜지지 않을까 찾아보고, 커뮤니티에서는 따로 그들만의 글을 파서 뭐 하고 있을지 추측하는 등 관심이 끊이지 않았다.

그러다 방송이 켜졌다. 정말 뜬금없이. 어떠한 예고나 공지도 없었다. 이때쯤 켜지지 않을까 싶은 타이밍도 아니었다.

1주, 2주.

전쟁이 끝나고 뒷수습마저 거의 해결해 낸 뒤 황제에 의해 유저와 NPC들에 대한 포상도 끝이 났고 남은 건 숨어들어 가는 흑마법사들을 골라 죽이는 일만이 남은 상황이었으니까.

이제 와서 나온다고 뭐가 달라지지는 않는다.

기껏해야 황제가 어마어마한 보상을 약속한 흑마법사의 본거지 정도를 찾기 위한 행보를 보일 수 있을까.

말하자면 긴장감이 한층 가라앉은 상황에서의 방송이라니.

뭘까.

궁금증에 사람들이 들어와 보기 시작했다.

애당초 한시민의 방송은 처음부터 비싼 가격에도 봐왔던 고정 팬이 수두룩하다.

그런 사람들과 합쳐져 방제 어그로는 성공적이었다.


[마계 전격 해부. 속살까지 파헤친다. 1부. 서큐버스 편.]

상당히 노골적이다.

그런 의미가 아닌 걸 알면서도 왠지 모르게 들어가면 무언가 있을 것 같은 기분이 든달까.

거기다가 한시민은 상당히 영리하게 마케팅까지 곁들였다.

―왜 방송이 19금이냐.

―헉. 슈바. 드디어 보는 거냐.

―시민 방송에서 19금 거는 거 처음 본다. 잠깐 방문 잠그고 온다.

적절하게 달리는 19금 딱지!

지금껏 아슬아슬한 굴곡의 몸매들도 여과 없이 보았던 시청자들의 입장에선 그야말로 기대가 하늘을 뚫고 우주를 향해 치솟는 미끼일 수밖에 없다.

게다가 판타스틱 월드, 고글사에서 마련한 개인 채널에서는 수위에 관한 기준이 상당히 관대하다.

이를테면 예술을 존중한달까.

명분은 어차피 게임 속 내용을 송출하는 것이고 게임을 플레이하는 유저들도 성인 인증을 받으면 피를 보든 팔다리가 잘리든, 혹은 성에 관한 어떠한 행동을 하든 게임사의 제재가 없이 오로지 대륙의 법을 따르는 마당에 방송 송출에만 제약을 두는 건 불공평함과 동시에 게임의 취지와 맞지 않다는 것.

결과적으로 수많은 사람이 옹호했고 일부 사람들에게서 너무 노골적인 상업 컨텐츠가 될 수 있다는 여론이 나오긴 했지만 그대로 지금까지 왔다.

성인 영화도 판월에서 만들어지는 마당에 얼마나 자극적이고 야하기에 19 딱지가 붙었을까.

시청자는 더 늘었다.

그리고 오랜만에 방송에 들어온 시청자들과 새롭게 유입된 시청자들이 공통적으로 가장 먼저 겪는 게 있었다.


-이놈의 광고는 또 늘었네.

-와, 언제 광고 또 늘렸냐. 진짜 꾸준하다.

-아니, 광고 업체들은 생각이 있냐? 이걸 시청자들이 보고 자기네 광고 들어갈 거라 생각하는 건가?

-생각하겠지……. 광고가 열 개가 넘어도 지금 시청자들 따라 부르는 거 봐라. 이 정도면 진심 티비 광고보다 효과 더 좋을걸?

-난 지하철에서도 이거 따라 부르는 놈 봤다.

-매일 돈 없어서 못 보다가 오늘은 엄마한테 용돈 미리 받아서 결제했는데 광고가 원래 이렇게 많나요? 소문은 많이 들었는데 이 정도일 줄이야.


원래 사람이란 게 벼처럼 익을수록 고개를 숙여야 하는데 한시민은 그렇지 않다.

물 들어올 때 노를 저어서 태평양을 횡단할 기세로 뽑아 먹는다.

곧 죽어도, 눈을 감고 숨이 멎을 때까지 뽑아먹겠다는 의지는 방송에 입장하는 데 무려 20분이 넘게 걸리게 만들었다.

그럼에도 들어온 시청자들은 불평불만을 터뜨리지 않았다.

─무빙하자.

─고생했다. 선발대 보고한다. 오늘 PJ 기분은 양호하다. 그래도 징징대다 벌써 다섯 놈 잘렸으니 조심해라. 20만 원 내고 잘리면 개고생이다. 특히 요즘은 다시보기도 차단돼서 못 보니 신중하게 생각하고 채팅 치자. 내가 잠깐 오늘 컨텐츠 봤는데 채팅할 손이 부족할 거다.

한시민의 인성을 이미 잘 알고 있기 때문도 있지만 무엇보다 방제 어그로에 맞는 화면이 송출되기 때문.

─헐. 뭐냐.

─실화냐.

─……예쁘다.

─헐. 대박 야해.

─저거 가린 거 맞지? 아니, 가린 거 맞냐. 뭔데 가렸는데 벗고 있는 거 같지.

─서큐버스…….

─손 인증해라.


한시민과 스페셜리스트, 그로킬레와 아리아를 둘러싼 수십의 서큐버스는 시청자들의 눈을 사로잡기 충분했다.

그리고 인정했다.


─이 정도면 착한 19금 인정한다.


노골적인 19금이 아니다.

아니, 이를 이용해 정말 노골적인 노출을 감행하는 다른 19금 방송들과는 비교할 수 없을 정도로 순수하게 보일 수도 있다.

하지만 분위기와 함께 본다면 그렇지 않았다.


─왜 이렇게 몽환적이냐.

─서큐버스들만 사는 곳이라 그런가.

─저 피부색마저도 섹시하다.

─만지면 미끄러질 것 같다.

−왜 서큐버스들끼리 부둥켜안고 있냐.

−나도 저기서 살래.


몽환적인 분위기의 숲.

존재 자체만으로도 현실에는 있을 수 없는 몸매의 종결
자들.

거기에 달린 살랑거리는 꼬리와 뾰족한 귀.

매혹적인 눈빛.

"마계 오길 잘했다."

그런 눈빛들을 정면으로 받고 있는 한시민이 올라가는 시
청자 수를 보며 처음으로 마계에 대한 칭찬을 늘어놓았다.


9


"어머, 상급 마족께서 여기까지 무슨 일로 오셨을까."

"천족까지 달고?"

한시민 일행을 두고 둘러싼 서큐버스들이 매혹적인 미소를
날리며 꼬리를 살랑살랑 흔들었다.

옷 따위는 걸치지 않은 채 중요한 부위만 투명한 천으로 살
짝 가린 서큐버스들의 매혹적인 몸매는 딱히 유혹을 하지 않
아도 남자로 하여금 침을 삼키게 할 만큼, 소설책에서 흔히들

비유되는 서큐버스의 이미지를 충분히, 아니, 그 이상으로 표현했다고 칭찬받아도 부족함이 없을 만큼 훌륭했다.

더해지는 교태 가득한 행동들과 목소리에 담긴 마력.

만약 그로킬레가 없었다면, 그리고 아리아가 없었다면 이미 서큐버스들은 한시민과 정현수에게 붙어 작업을 시작했을 것이다.

그만큼 매혹적이고 위험한 종족이다.

아무리 강하다 한들 그녀들의 유혹에 넘어가면 하급 마족이고 상급 마족이고 할 것 없이 그녀들의 손에 목숨을 맡기는 꼴이 된다.

전대 마왕 또한 그렇게 가지 않았던가.

물론 고작 미인계 따위에 넘어가 목숨을 내줄 만큼 마왕은 호락호락하지 않지만 거기에 더해지는 서큐버스의 무력까지.

절대 만만하게 볼 상대가 아니다.

그렇기에 그로킬레는 흑마력을 줄기줄기 내뿜으며 서큐버스들의 접근을 막았다.

"저런 더러운 종족이 마왕이라니. 마계도 갈 데까지 갔네요."

"……닥쳐라."

아리아 또한 마찬가지.

남성을 유혹하고 성적 쾌감을 극대화시키며 동시에 정기를 뽑아먹는 서큐버스들의 행동은 천족들이 혐오하는 마족 중에서도 손가락에 꼽힐 정도로 천박하고 존재해서는 안 될 것들이다.

덕분에 이어지는 묘한 대치.

대치 속 좋아하는 건 시청자들뿐이었다.

"현수 오빠, 왜 아쉬운 표정이야? 저기다가 던져 줘?"

"내가 뭘 아쉬워했다고."

"저 여자들한테 유혹당하고 싶어 하는 표정인데?"

"미친 소리 하지 마."

아니, 정현수도 살짝 그런 표정이었지만 어찌 됐든 그림과는 어울리지 않게 긴장감은 넘쳤다.

서큐버스들 입장에선 그들의 영역에 나타난 상급 마족과 천족을 경계하는 것이고 한시민 일행 입장에선 이제 시작된 호랑이 굴에서 어떻게 살아남느냐에 대한 생각과 더불어 조심하는 것.

그런 상황에서 중재를 위해 한시민이 나섰다.

모두가 숨죽이는 상황. 이 긴장을 어떻게 풀 것인가.

"저기 혹시……."

한시민의 말과 함께 모두가 귀를 기울였다.

"그 막 그런 거 있잖아. 꿈에서 홍콩 가는 그런 거. 서큐버스들이 잘하는 거. 그런 것도 체험되냐?"

"……."

그리고 그의 입에서 나온 말은 작금의 상황에 대한 해결책이 아니었다.

방송.

한시민에게 마계는 더 많은 시청자를 끌기 위한 컨텐츠에 지나지 않았다.

사실 어울리지 않는 분위기긴 했다.

다들 눈치 보며 죽느냐 사느냐, 마계에서 현재 실권을 잡고 있는 서큐버스의 영역에 들어와 걱정하고 있는데 난데없이 서큐버스들과 꿈 체험에 대한 이야기나 나누고자 하다니.

눈치가 없는 건지 아니면 분위기 파악을 못 하는 건지 물어도 이상하지 않을 상황이었지만 한시민은 떳떳했다.

"어차피 마왕한테 가서 죽나 여기서 죽나 똑같은데 뭘 그렇게 심각해. 죽이고 싶으면 죽이겠고 아니면 대화의 장을 열겠지."

"……."

나만 아니면 돼가 아니다.

어차피 난 죽어도 다시 살아난다.

떨어뜨리는 아이템의 가치에 따라 생각이 달라질 수도 있겠지만 이미 대비책을 마련해 둔 상황에서 그런 티끌만큼의 확률을 걱정하는 것보다는 이왕 여기까지 온 거 목숨 하나 버렸다고 생각하고 그만큼 더 많은 돈을 뽑아먹겠다는 심보가 강했다.

그러니 이렇게 말할 수 있었다.

"픕."

"꺄르르."

"뭐야, 인간. 재미있잖아?"

"······엥?"

그리고 그의 그런 패기는 의외로 통했다.

"뭐야, 저게 어디서 웃음 포인트야?"

"나도 잘 모르겠는데."

"현수 오빠, 오빠는 알겠어?"

"······내가 어떻게 알아. 여자인 니들이 공감해야 하는 거 아냐?"

"어디서 공감 포인트지? 홍콩 가는 거?"

아무도 이해할 수 없는 웃음 포인트였지만 다행히 분위기는 흉흉해지지 않았다. 동시에 그로킬레와 아리아 때문에 거리를 유지하던 서큐버스들이 슬금슬금 다가왔다.

한시민에게로.

"인간, 어떻게 마계에 왔어?"

"신기한 인간인데 재미있는 인간이네."

"홍콩? 홍콩이 뭐야? 우리가 아주 흥분되는 꿈은 꾸게 해줄 수 있는데."

"아니지. 재미있는 인간 정도면 꿈 말고 우리가 직접 해줄 수도 있지."

순수한 흥미와 유희.

재미가 느껴지는 말들에 한시민도 장단을 맞춰주었다. 그러면서 그로킬레에게 눈짓했다. 질린다는 눈빛으로 한시민을 보면서도 이내 그로킬레가 고개를 끄덕인다. 그와 함께 서큐버스들에게 둘러싸이는 한시민.

"어휴, 징그러운 인간."

그로킬레는 방송이라는 걸 모른다. 하지만 뭐든 돈을 위해서 서큐버스의 환몽을 직접 겪어보겠다고 달려드는 인간이라니. 정말 저런 정신머리를 내다 던지고 사는 인간이니까 그 역시 걸려든 것이겠지만 볼 때마다 이해할 수가 없다.

"어떻게 서큐버스의 환몽을 즐기겠다고 제 발로 들어갈 수가 있죠? 이해할 수가 없네요. 정말."

그건 아리아가 심하면 심했지 덜하진 않았다.

한시민의 세뇌가 아니었다면 당장에라도 발광하다 장렬하게 산화하겠노라 해도 이상하지 않을 상황.

일행들마저 이해할 수 없음에도 서큐버스들은 한시민에게 달라붙었다.

"……부럽긴 하다."

정현수만이 유일하게 한시민을 이해하고 있었다.

서큐버스의 공격 패턴은 간단했다.

[서큐버스의 환몽에 빠집니다.]

[마력이 소모됩니다.]

[체력이 소모됩니다.]

대상에게 마법을 거는 건 마법사와 다를 게 없다.

흑마법사들도 가끔 쓰는 혼란계 마법의 상위 호환이랄까.

대상이 원하는 꿈을 꾸게 만들어주고 그 대가로 대상의 체력과 마력을 흡수한다.

이런 메커니즘만 보면 아주 좋은, 서로에게 원원이 되는 거래 같지만 실상은 그렇지 않다.

꿈에 빠진 대상은 꿈에서 헤어 나오지 못하고 그동안 꿈에 빠진 몸은 무방비 상태가 된다.

전투력만 따져서 마족 중에선 중급, 혹은 그 이하로 취급받는 서큐버스의 공격이라도 죽음을 쉽게 피하지 못한다는 뜻.

꿈과 마력, 체력을 교환하는 공정한 거래에서 자신의 심장과 더불어 착용하고 있는 아이템까지 건네주게 되니 결과적으론 손해가 된다.

하지만 한시민은 대비책을 마련해 두고 서큐버스들의 접근을 허용했다.

이미 그로킬레에게 서큐버스들의 공격 방식을 들은 뒤였기에 가능한 일.

적당히 서큐버스들이 죽으려는 모습이 보이면 막아라.

그렇게 쉽게 말을 던져 놓고 몸을 내던졌다. 결코 개인적인 사사로운 감정 때문이 아니다.

"시청자들을 위해 특별히 목숨 걸고 당해보겠습니다. 이런 방송 하고 있다고 홍보 한번 하라고 광고 보고 오겠습니다."


─아, 제발.

─빨리 틀어줘.

─그런데 꿈도 방송으로 나가냐?

─1인칭 시점으로 하면 될걸? 직접 꾸는 꿈도 아니고 몬스터의 스킬인데, 뭐. 캡슐 내부에서 만들어지는, 이를테면 마계 같은 허수 차원의 공간으로 이동해서 보이는 거겠지.

─뇌피셜 오졌다.

─뭐가 중요하냐. 보이면 되는 거지.


오로지 시청자들을 위한 이벤트!

19세를 걸었음에도 역대 최고 시청자 수를 찍은 한시민의 기쁨의 세레머니랄까.

거기다 입장료도 20만 원인데 그렇다.

방송을 통한 수익은 이제 크게 신경을 안 써도 될 만큼 다른 데서 돈을 많이 벌지만, 이 정도면 결코 무시할 수 없는 금액.

매번 이렇게만 벌 수 있다면 또 한 번 그의 주 돈벌이가 뒤바뀔 수도 있다.

해서 열정을 보였다.

언제든 뭐든 망하는 건 한순간이다.

하나가 망하더라도 다른 하나로 먹고살자!

그런 마인드로 시작한 퍼포먼스가 시작되었다.

몽환적인 꿈.

서큐버스들이 정말 한시민에게 호기심을 느꼈다는 게 느껴질 만큼 많은 서큐버스가 꿈에 들어왔다.

그리고 다가왔다.

여기서부터 진짜구나.

채팅의 속도가 들어오는 시청자들의 수에 반비례해 점점 느려졌다.

의자왕 시민!

비록 꿈이지만 시청자들은 입장료를 낸 만큼 그 이상의 대리 만족을 했다.

─부럽다.

─게임 열심히 하면 저런 날도 오는구나.

─대체 서큐버스 몇 명이랑…….

─꿈이라 지치지도 않나 봐.

─저런 서비스 나도 받고 싶다. 마계 어떻게 가냐.

물론 대리 만족은 어디까지나 한계가 있다.

한 시간, 두 시간.

적당한 타이밍에 그로킬레가 서큐버스들을 떼어내고 한시민이 꿈에서 깨어났을 때 시청자들은 진한 아쉬움과 함께 부러움을 마음껏 드러냈다.

─일장춘몽이로다.

"하아."

그건 한시민 역시 마찬가지였다.

10

어쨌든 서큐버스식으로 원만한 인사를 나눈 한시민 일행은 정식으로 손님 자격으로 마왕성에 들어갈 수 있었다.

"천족도 들어갈 수 있는 거야? 마왕이 보면 좀 껄끄러울 수도 있잖아. 그러면 안 되니까 거슬리면 두고 갈게."

"어머, 배려심 넘쳐라. 하지만 그러지 않아도 돼, 인간. 우리 마왕님은 천족, 마족 할 것 없이 재미있기만 하면 얼마든지 놀아주시니까."

꿍꿍이는 잘 모른다.

그로킬레의 말에 의하면 마왕이란 원래 싹이 될 만한 것들의 접근은 막는다고 했고 이번 마왕의 경우엔 아주 영악하고 포악하다고 했다.

그런데 생각보다 쉽게 들어가고 있지 않은가.

"야, 어떻게 된 거야. 왜 이렇게 반겨주는 분위기냐."

"나도 모른다. 마왕의 성격이 워낙 오락가락해서 그럴 수도 있다."

"더 불안한데."

차라리 아리아처럼 자기 주관이 뚜렷하면 다행이다. 쉽지는 않겠지만 그 허점을 노려 무너뜨릴 수 있으니까.

하지만 아예 미친 거면 상대하기가 어렵다. 사실 여기까지 온 것도 서큐버스들이 허락하지 않았으면 불가능한 일이 아니던가.

환몽을 체험하게 해달라는 말은 그냥 마왕을 만나는 것과 별개로 방송 시청자 수를 위한 부탁이었을 뿐인데 거기서 인간에게 흥미를 느끼고 마왕에게 안내한다?

할 짓이 너무 없어 무슨 일이라도 만들고 싶은 미친년이라는 느낌밖에 들지 않는다.

그걸 느끼면서도 가고 있다.

어쩔 수 없다. 부딪쳐야 한다.

"와, 크다."

몽환적인 숲을 지나 도착한 마왕성은 정말 컸다.

진짜 마족들이 대규모 군대를 만들어 쳐들어온다고 해도 방어할 수 있을 것 같은 규모.

마치 리치 영지를 보는 것 같은 철옹성.

그 문을 열고 들어가자 아리아와 그로킬레의 표정이 눈에 띄게 굳었다. 긴장하는 것이다.

스페셜리스트야 마왕의 이름에 담긴 무게를 느낄 이유가 없지만 그들은 이곳에 사는 마족과 천족이다.

상급만 달아도 그들의 위에 있는 자들과의 차이는 쉽게 넘

보기 힘들 정도.

한데 마왕이라니.

마계 전체를 통틀어 가장 강한 자다. 제아무리 상급이라도 어린아이 데리고 놀듯 쉽게 죽일 수 있는 존재.

그런 존재가 본성에 들어서자 넓디넓은 홀에 나타났다.

"이런 귀하신 곳에 누추하신 분들이 웬일이실까?"

장난스러운 말투. 하지만 본능적으로 스며들어 있는 뇌쇄적인 목소리.

울리는 목소리의 근원을 찾아 시선을 돌리다 이내 발견했다.

"……마왕 에피아."

"마왕을 뵙습니다."

140 중반은 될까.

키에 맞게 어울리는 드레스를 입고 화사한 미소를 장착하고 있는 어린아이를.

11

채팅창이 순간 굳었다.

아까 너무 방송에 몰입해 보느라 채팅 칠 손이 없었던 때와는 무언가 분위기가 다른 침묵이었다.

-어, 음.

-이거 괜찮은 건가?

애매하다.

분명 방송엔 19세 딱지가 붙어 있지만 그래도 뭔가 본능적인 거리낌이랄까.

아니, 거리낌은 아니다. 그런데 무언가 조심해야 할 것 같고 방송을 꺼야 할 것 같고.

"……로리네."

"로리야."

그건 현장에 있는 스페셜리스트와 한시민 역시 마찬가지였다.

산통이 깨지는 기분을 느끼기도 전에 김이 샌다.

한데 또 부복한 채 고개를 들지도 못하는 그로킬레와 잔뜩 인상을 찌푸린 채 극도로 경계하는 아리아를 보면 저기 저 위에 고고하게 서 있는 여자아이가 마왕이 맞는 것 같기도 하다.

어느 쪽에서 분위기를 잡아야 할까.

느낌상 NPC인 아리아와 그로킬레를 따라 진지해야 그림도 살고 목숨도 살릴 수 있을 것 같은데 또 그러자니 집중이 안 된다.

"아니, 무슨 마왕이 저렇게 귀여워도 돼?"

"데려다가 키우고 싶다."

키는 확실히 작다. 얼굴도 어려 보인다. 그렇다고 아예 어린아이 같지는 않다.

"그래도 쟤는 가슴마저 사기진 않네."

강예슬이 안도의 한숨을 내쉴 만큼 지금껏 나타났던 말도 안 되는 몸매의 NPC들과는 조금 비교가 되지만 그래도 성장이 어느 정도 끝난, 잘 쳐주면 고등학생 정도로는 봐줄 수 있을 정도다. 그렇기에 더 애매한 것이다.

해서 한시민이 저도 모르게 물었다.

"저기 혹시 몇 살이야?"

"......"

"......"

상대는 마왕이다.

홀로 전장에서 수백만의 병사와 싸우며 무식한 웃음을 흘리는 그로킬레 같은 상급 마족 따위는 어린아이처럼 가지고 놀면서 죽일 수 있는 엄청난 힘을 가지고 있는 마왕.

하나 어쩌란 말인가.

"미안. 궁금해서."

죽을 때 죽더라도 궁금한 건 풀고 가야지.

한시민의 당돌한 질문에 에피아가 깔깔 웃었다.

"역시. 아이들에게 들었지만 재미있는 인간이구나. 글쎄.

내 나이라. 전대 마왕이 대륙을 침공할 때쯤 80살 정도 되었으니…….”

“아, 됐어. 그거면 충분해.”

일단 로리는 아니구나.

가벼운 인사와 함께 무거웠던 분위기는 그래도 조금 가라앉았다. 여전히 부복하고 있는 그로킬레의 모습과 긴장한 채 무기를 겨누는 아리아의 모습은 달라지지 않았지만.

뭔가 대화가 통할 것 같은 상대랄까.

겁먹은 두 천족과 마족을 버린 채 한시민이 당당하게 대화를 이끌어 나갔다.

물도 들어올 때 젓고 쇠뿔도 당긴 김에 빼라고, 다짜고짜 죽이지 않을 때 몇 마디 나눠보면서 간이라도 보자.

“본론만 말할게. 거래하러 왔어.”

“거래?”

“응, 지금 흑마법사들이 대륙에서 아주 죽을 쒀서 마계 게이트를 열지 못하고 있잖아. 내가 도와줄게.”

“대가는?”

“대륙으로 가는 방법 좀 알아봐.”

“흐응.”

당당하게! 어깨 펴고! 어차피 상대는 꼬맹이잖아.

꿇릴 게 없다. 상부상조라는 단어가 괜히 만들어졌겠는가.

나는 상대를 돕고, 상대는 날 돕고. 너도 좋고 나도 좋고.

거절할 이유가 없다.

하지만 한시민은 한 가지를 간과했다.

"내가 왜?"

"……응?"

들어줄 이유 또한 없다는 것을.

"딱 보니 흑마법사들이 마계 게이트를 오픈하려는 순간 문제가 있어 오히려 마계로 빨려 들어온 것 같은데, 내가 왜 인간을 도와야 해? 뭘 믿고?"

"……그러네."

"줄 수 있는 걸 말해봐. 뭐든. 무형의 것이라도 상관없어. 날 즐겁게만 해준다면 어떤 것이든. 그러고 나서 일단 생각은 해볼게."

여유로운 말투와 함께 계단을 하나씩 천천히 내려오는 에피아의 걸음마다 흑마력의 폭풍이 몰아친다.

이 상황에 적응을 못 할 만큼 이질적인 그림에 어찌할 바를 모르던 스페셜리스트와 한시민마저 표정이 굳을 정도의 힘!

거리가 좁혀질 때마다 엄청난 압박으로 다가온다.

무언가 수를 쓴 게 아니다.


[흑마력에 노출됩니다.]

[이동 속도가 감소합니다.]

[체력 회복 속도가 감소합니다.]


그냥 자연스럽게 몸에서 흘러나오는 기운들이다.

주체하지 못할 만큼 많은 흑마력!

스스로 통제하지 못해서가 아니다. 통제할 필요가 없기 때문이다.

첫 만남에서 한시민의 무례한 질문에도 웃으며 대답한 이유가 고작 몇 초 만에 드러났다.

"흥미롭긴 한데, 건방진 건 싫어서 말이지."

고사리 같은 곱고 작은 손이 하늘 위로 뻗어진다. 동시에 그녀의 작은 손에 기다란 검이 만들어졌다.

쌍검!

가늘고 긴 검은 얼핏 힘이 없어 보일 수도 있지만 현장에 서 있는 그 누구도 감히 그 검이 약하리라 판단할 수 없었다.

전대 마왕을 단신으로 꺾은 서큐버스의 무력. 누가 감히 경험해 보고 싶겠는가.

목숨이 두 개가 아닌 이상, 아니, 두 개 이상인 한시민도 침을 삼켰다.

'시바. 죽을 수도 있다.'

누구보다 개망나니처럼 살지만 동시에 누구보다 악착같이

사는 한시민이다.

돈을 위해서라면 양심이고 간이고 쓸개고 다 내다 팔면서 살기 위해서는 무엇보다 눈치가 중요하다.

그런 그의 눈치가 말해주고 있었다.

저 웃음기 가득한 얼굴 뒤엔 잔혹하고 냉정함이 가득하다고, 대충 실실 웃으며 대화할 상대가 아니라고.

판단을 마친 한시민의 태세 변환은 그 누구보다 빨랐다.

"아이고, 마왕님. 살려주십시오! 살려만 주신다면 뭐든 시키는 대로 하겠습니다!"

"……."

"……."

들이대 보고 죽으면 대륙으로 가니까 개이득이니 뭐니 외치던 사람이 맞나 싶을 정도의 비굴함이었다.

## 12

갑과 을이 정해졌다.

마왕은 요염하게 다리를 꼬며 물었다.

키가 작고 고등학생 정도로밖에 보이지 않는 아주 예쁜 아이라 할지언정 태도에서 묻어 나오는 위엄은 카리스마가 넘쳤다.

"그래, 뭘 잘하는데? 보통 마족들은 내게 침대에서 죽여주겠다고 큰소리를 쳤었지. 지금은 살아 있는 놈이 없지만. 어때, 인간? 한번 도전해 볼래?"

"아뇨, 전 아직 쓸데가 많아서 함부로 놀리고 싶지가 않네요."

"그럼?"

매력이고 자시고 영락없이 붙들린 입장에선 죽을 맛이었지만.

어떻게 해야 할까. 뭘 해줘야 할까. 할 수만 있다면야 그녀가 원하는 대로 해주고 싶다. 그런데 매일 싸움만 해대는 마족 놈들도 못 해내는 서큐버스 여왕 만족시키기를 어떻게 해낸단 말인가.

자신 없는 건 아니지만 자신감과는 별개의 문제다.

게다가 한시민의 주특기는 따로 있지 않은가.

─제가 주특기로 어떻게든 해볼게요. 여기까지 왔는데 마왕성 정도는 털고 나가야죠.

─이 상황에서 그런 생각을 한다고? 대단하다 진짜.

길드 대화를 통해 미리 알리고 머리를 굴린다.

─그래서 어떻게 사기 치실 거예요? 저희가 도와드릴 건 없을까요?

─아니, 제 주특기가 왜 사기입니까.

중간에 거슬리는 멘트들도 있었지만 일단 생각을 정리하고 말을 꺼낸다.

"저 사실 제가 테이머의 후손이거든요. 그 전대 마왕이 침략했다던 대륙의 다섯 영웅 중 한 명의 후예."

"호오."

적절히 자극이 됨과 동시에 호기심이 느껴질 만한 소재를 꺼낸다. 그와 함께 빠르게 치고 들어간다.

"이거, 여기 서명만 좀 해주시면 제가 마왕님 수하들을 몰래카메라 형식으로 테이밍하는 걸 보여드릴게요. 어때요. 흥미롭죠?"

내미는 계약서.

얼핏 보기엔 그냥 부하를 테이밍하는 데 별다른 보복을 하지 않겠다는 약속을 받아내기 위한 것으로 보인다. 타이밍도 그렇고 분위기도 그렇고.

무엇보다 정말 노예라도 된 듯 굽신거리는 게 설마 사기를 칠 것 같지는 않다.

그 모습을 제삼자의 입장에서 본 그로킬레가 몸을 부르르 떨었다.

그냥 실눈 뜨고 고개를 들지 말걸.

괜히 귀는 열고 있어서 어디서 많이 본 장면이 떠올라 버렸다.

저렇게 당하는 거구나. 저 악마 같은 놈.

마왕 역시 마찬가지로 계약서를 아무렇지 않게 받아 들었다.

받들어 모셔지는 것이 만족스러운지 입꼬리가 내려가지 않은 채 마지막 장을 바로 연다.

당장에라도 서명해 줄 것 같은 기세.

하지만.

"재미있네, 인간."

보란 듯이 찢어버렸다.

한시민의 표정이 굳었다.

'아씨, 안 통하네.'

먹히면 좋고 아니면 말고 심정으로 했지만 막상 눈앞에서 찢어지는 몇 장 안 남은 악마의 계약서를 보니 마음이 아프다.

"아쉽게도 이런 종류의 감언이설은 우리 특기라. 미안하네?"

에피아의 양손에서 자연스럽게 춤추듯 돌려지는 쌍검이 부드럽게 한시민의 목을 스치고 지나간다.

딱히 죽일 의도 따위는 느껴지지 않는, 가볍게 위협이나 하려고 지나가는 검의 움직임을 따라 목에 그대로 흔적이 남는다.

피 한 방울 나지 않는 상처.

얼마나 정교한 컨트롤인지 보여준다.

동시에 까불지 말라는 경고!

[치명적인 일격을 받았습니다.]

목은 급소다.

급소는 곧 죽음이다.

이런 상황에서도 어떻게든 마왕성 한번 털어보고 나가겠다는 일념을 가지고 있는 한시민에겐 코인의 소멸을 의미한다.

해서 자리를 박차고 일어났다.

"아씨, 알겠어요. 아놔, 이것만큼은 꺼내지 않으려고 했는데 너무 깐깐하시네."

"......?"

"무기 줘봐요. 내가 천왕이랑 천계에서 맞짱 떠도 이길 수 있게 만들어줄 테니까."

별로 쓰고 싶지 않은 필살기였다. 최후의 보루이자 치트키니까.

그렇기에 당당할 수밖에 없었다.

죽든 말든. 마지막 카드로마저 협상을 성공하지 못한다면 뒤가 없다는 뜻이기에.

의문을 표하는 에피아의 표정에 한시민이 그의 망치와 방어구들을 내밀었다.

"설마 너 그놈의 후예?"

"그놈이 내가 생각하는 그놈이 맞으면 맞을걸요? 그러니 믿고 맡기셔도……."

적어도 신분에 의심은 받지 않을 수 있다는 희망에 고개를 치켜든 한시민의 멱살을 에피아가 잡아 올렸다. 그와 함께 눈앞이 깜깜해졌다.

깜깜해짐과 동시에 펼쳐진 건 하나의 영상이었다.

너무 현실감이 넘쳐 가끔은 게임임을 잊을 뻔할 때마다 이렇듯 등장해 주는 영상은 유저로 하여금 자신의 위치를 자각해 주게 하는 좋은 촉매제.

지금도 정말 현실처럼 살기 위해 열심히 연설하던 한시민도 숨을 한 번 고르며 영상을 보았다.

왜 하필 이럴 때 나왔을까 하는 의문은 접어두었다.

보면 알겠지.

영상은 1인칭 시점이었다.

그리고 그 영상에서 한시민의 시야에 보이는 건 낯이 익은, 불과 10초 전까지만 해도 그의 눈앞에서 보던 에피아였다.

그걸 보자마자 눈치챘다.

'전대 강화사의 기억. 대륙 침공 때의 기억.'

무언가 둘 사이에 인연이 있었구나!

멱살을 잡은 것으로 보아 인연보다는 악연 쪽에 가깝겠지만.

그래도 희망을 가졌다.

어찌 됐든 강화사의 기억이니 강화 쪽일 테고 그쪽 분야면 자신이 있다.

집중해서 영상을 마저 보기로 했다. 하나도 빠짐없이 기억하고 마왕과 소통할 자격을 갖추리라.

"사랑해."

"나도. 영원히 함께하자."

하지만 그런 비장함과 함께 집중하는 한시민의 입에서, 아니, 전대 강화사의 입에서 나오는 말은 전혀 의외의 것이었다.

Episode 49.
스전제전

# 1

'이런 미친. 개막장 같은 드라마를 봤나.'

저도 모르게 욕이 튀어나온다.

그럴 수밖에 없는 게 마왕성에 서 있던 요염하고 청초한 마왕의 이미지와 비교하면 지금 보이는 에피아는 꼬리와 귀가 없으면 서큐버스라는 걸 믿지도 못할 만큼 순수하고 청순하다.

외모도 수백 년 전이라고 별반 다를 게 없다.

하지만 영상에 보이는 전대 강화사의 모습은 아무리 적게 잡아도 30대 초반.

영웅의 특권이니 뭐니 잘 늙지 않는다는 점, 전쟁이 수십 년이 넘게 이어졌다는 점을 생각해 보면 어쩌면 그보다 훨씬 더 많을 수도 있다.

외견상으론 어쨌든 30대 아저씨와 고등학생 미소녀의 위험한 사랑처럼 보인다는 뜻.

그나마 전대 강화사가 젊게 잘생겼고 마족의 나이가 인간들의 나이와는 다르기에 조금 이해되는 부분이지, 안 그랬으면 이 말도 안 되는 상황에 움직일 수도 없고 말도 못 하고 속으로만 끙끙 앓다가 속 터져 죽었을지도 모른다.

"이 전쟁이 끝나면 에피아는 돌아가야겠지."

"아니야. 난 여기 남을 거야. 영원히 함께할 거야."

"나도 그러고 싶어. 하지만 그건 에피아에게 너무 가혹한 일이야."

그러거나 말거나 둘의 염병은 계속해서 이어졌다.

아주 조금이라도 떨어지면 죽기라도 하는 듯 달라붙어 사랑을 속삭이는 모습이란.

제 것이 아니면 아무 소용이 없음을 아는 한시민이 혀를 차면서도 조용히 지켜보아 주었다.

비록 에피아의 본모습을 이미 보고 온 상태라고 하지만 여긴 또 여기다.

게다가 한시민은 직접 통제할 수 없지만 전대 강화사의 몸에서 감각을 공유하고 기억을 공유하는 중.

온전히 마왕이 될 서큐버스의 떡잎을 함께 느끼고 있다.

마다할 이유가 없다.

수많은 미녀를 두고 고자가 아니냐는 말까지 듣는 수모를 겪어가며 게임을 플레이하고 있지만 진짜 고자는 아니니까.

오는 기회는 놓치지 않는다!

공주 또한 그에게 더 목매게 만들지 않았던가!

그는 문제가 없다!

그런 위안과 함께 동영상은 다음으로 넘어갔다.

처음 영상이 마족과 인간의 사랑을 확인하는 줄다리기의 끝이었다면, 그다음 영상은 서로 마음을 알게 된 이후의 영상.

뭇 연인들이 그러하듯 연인이라는, 커플이라는 이름으로 하나가 된 둘은 아낌없이 사랑을 나누고 종족을 떠나 남자와 여자로 순수하게 애정을 확인한다.

그런 모습들이 너무나도 좋았다. 얼마나 예쁘고 순수한가!

'서큐버스와 인간쓰레기면 어때.'

처음 보는 스승이지만 아주 자연스럽게 인간쓰레기다.

레전더리 직업 주제에 한시민의 원래 능력을 제대로 발휘하지도 못하고 경험치 페널티나 잔뜩 안겨준 놈.

아직 무엇인지 확인도 못 하고 아공간 안에 꼭꼭 숨어 있는 그의 유품도 한몫했고.

어쨌든 그런 인간쓰레기의 사랑마저도 한시민은 충분히 이해하고 응원해 줄 의향이 있었다.

그만큼 사랑은 뜨거웠다.

그 뜨거운 사랑을 퀘스트 당사자인 한시민에게도 느끼게 해주었기에 봐줄 수 있었다.

'판월은 진짜 갓 게임이다.'

보통 게임이라면 이런 러브러브하고 개인적인 장면들은 유저들로 하여금 분노를 느껴보라는 의도인지 뭔지 대부분 중요한 순간에서 스킵되게 마련이다.

게임 연령 제한도 있고 사회적인 분위기상 그런 장면들을 여과 없이 보여주면 이게 야동이냐 게임이냐 말이 많이 나오기 때문.

하나 판타스틱 월드는 그러지 않았다.

다른 회상 영상을 확인하지는 못했지만 적어도 한시민에게 나타난 이 영상에선 마치 스토리에 엄청나게 중요한 영상이라도 되는 듯 하나도 빠짐없이 사랑의 결실들을 보여주었다.

사실 뭐 굶주린 하이에나도 아니고 이런 걸 보며 좋아할 이유가 없다.

그래 봤자 전대 강화사의 기억이 아닌가.

좋지는 않지만 나쁘지도 않다.

'방송이 나가고 있으면 좋을 텐데.'

오로지 이런 이유일 뿐이다.

"아잉, 거긴 안…… 꼬리는……."

정말로 그런 이유일 뿐이었다. 절대 서큐버스의 매력 때문이 아니다.

확신할 수 있었다.

–와, 뭐냐.

–이거 실화임? 뭐지? 갑자기 다른 영상으로 넘어갔는데?

–ㄷㄷ 1인칭 시점으로 나오는 건가?

한시민은 몰랐지만, 방송도 한시민의 시점 그대로 넘어갔다.

과연 고글의 기술력!

게임 내에서 일어나는 모든 에피소드를 담을 수 있다는 자신감이 증명되는 상황!

몇몇 시청자는 이런 상황을 이미 알고 있었지만 그들이 알고 있던 것과 직접 경험하는 것의 차이는 상당했다.

특히 그냥 1인칭 시점으로 서큐버스들을 보는 것과 누군가가 된 기분으로 직접 함께 과거를 체험하는 것의 차이란.

부러웠다.

이를테면 이런 것이다.

한시민의 시점에서 서큐버스들을 만나고 마왕을 마주하는 건 1인칭으로 나가지만 3인칭 시점의 내가 존재하는, 영화를 보는 것 같은 기분이라면 지금 한시민의 영상을 보는 건 마치 내가 저기 서 있으면 어떨까 하는 생각을 직접 체험하는 기분이랄까.

물론 완벽히 몰입할 수는 없었다.

–아, 보기만 하니 너무 아쉽다.
–고글은 4D를 도입하라!
–그러고 보니 PJ는 다 느끼는 거 아님?
–부럽다. 슈방.
–인생은 시민처럼.

원래 남의 떡이 더 커 보인다고, 이런 걸 보려고 한시민의 방송에 온 건 아니지만 막상 보니까 욕심이 커진다.

나는 이렇게 보고 있는데 직접 느끼고 있는 저놈은 얼마나 좋을까.

부러움이 폭발하기 전, 다행히 영상이 넘어갔다.

무려 1시간이나 되는 두 번째 영상의 아쉬움이 맴돌았지만 다행히 한시민 방송 역대 최고를 넘어 판타스틱 월드 방송 사상 역대 최고 시청자를, 그것도 무려 20만 원이나 하는 유료 스트리밍으로 찍은 기록이 사라지지는 않았다.

그저 채팅이 올라오지 않을 뿐이다.


–다들 손…… 아니다. 이해한다.

–남자들이란.

–난 여잔데도 재미있게 봤다. 서큐버스도 너무 예쁜데 영상에 나오는 남자도 너무 멋있다. 저런 남자 어디 없나.


이유 있는 침묵.


–시청자 1위 ㅊㅋㅊㅋ.

–20만 원짜리 방송이 무슨 시청자 30만 명을 넘기냐.

–역대급이다.

–무료랑 비교하면 1등은 아니지 않음?

–그건 무료잖아, 이 자식아.

–어쨌든 1등임.


그리고 분쟁.

시청자들이 늘면서 벌어지는 어쩔 수 없는 현상이었지만 방송이 진행되고 있는 것인지조차 확인할 방법이 없는 한시민이기에 진압되지는 않았다.

그렇게 세 번째 영상으로 넘어갔다.

사실 영상은 첫 번째가 반전이었고, 두 번째가 하이라이트였다. 그 두 가지만 봐도 사실상 끝이라고 봐도 무방할 정도.

세 번째 영상부터는 온전히 한시민만을 위한, 강화사의 에피소드 진행을 위한 영상들이었다.

"내가 에피아를 위해 무기를 강화해 줄게. 내 생 첫 번째 15강을 그대의 것으로 하고 싶어."

"어머, 너무 감사해요."

세 번째 영상의 강화사는 조금 더 늙었고 무기를 들고 있었다.

본격적인 전쟁의 시작. 마족과 인간의 대립 속에서도 이어가는 사랑.

에피아는 그런 상황에서도 전대 강화사를 따랐다. 믿었고 한시민의 목을 스쳤던 그 쌍검을 강화사에게 건넸다.

'저게 전대 강화사가 강화했던 무기라고?'

강화 이펙트는 안 보였는데?

의문도 잠시, 영상은 또 다음으로 넘어갔다.

치열한 전쟁터.

마지막 전투를 앞둔 비장함이 감돈다.

전대 마왕으로 보이는 마족과 더불어 모여 있는 수십만의 마족, 그리고 다섯 영웅과 함께 모인 셀 수도 없이 많은 대륙군.

대륙의 사람들뿐만이 아니다. 몬스터, 드워프, 엘프, 드래곤. 대륙의 모든 생명체가 이곳에 다 모였다고 해도 과언이 아닐 정도의 규모다.

일전에 보였던 흑마법사와 대륙군의 전쟁은 정말 애들 장난이 아닐까 싶을 정도의 차이.

그런 마지막 전투를 앞두고 전대 강화사가 걱정스러운 표정으로 그를 보는 에피아에게 말한다.

"미안해. 약속을 지키지 못할 것 같아."

"······."

"12강까지밖에 못 했어. 더 이상 나와 엮이면 에피아에게도 좋을 게 하나 없으니까 이제 돌아가."

"싫어. 난 영원히 함께할 거야."

"안 돼."

강화사의 표정엔 슬픔이 가득했다. 마지막 전투 이후 둘은 이별할 수밖에 없다.

인간들이 승리한다면 마족은 대륙에 발을 붙이고 있을 수가 없고, 반대로 마족들이 승리하면 다섯 영웅의 목숨을 살려둘 리가 없으니까.

어떻게든 에피아만은 살리고자 하는 애절함!

절대 떨어지기 싫어하는 에피아를 보며 강화사가 고개를 끄덕인다.

동시에 옆에 있던 마도사가 시전 하는 마법.

텔레포트.

강제로 에피아를 마족 진형에 보내 버린다. 그리고 망설임 없이 뛴다.

마지막 전쟁의 시작.

황제에게만 내려오는 역사서에도 없는 그 생생했던 과거가 재현되었다.

전쟁은 끝났다.

영웅들의 희생과 함께.

인간은 승리했지만 영웅들을 비롯해 수많은 희생을 낳았다.

마왕은 살아 돌아갔으며 마족들은 마계로 쫓기듯 도망치는 와중에도 끝까지 인간들에게 어떤 식으로든 피해를 주겠노라

깽판을 벌였다.

그럼에도 인간들은 마지막까지 용기를 잃지 않았으며 침착하게 싸웠다.

그리고 황량한 쓸쓸함만이 남은 전장.

그곳에 쓰러진 강화사와 그를 부둥켜안고 눈물을 흘리는 에피아가 있었다.

"어서 돌아가…… 쿨럭."

"흐흑…… 안 돼. 죽지 마."

"여기 있으면…… 위험해. 빨리 돌아가……."

"싫어. 싫다고! 나 혼자 두고 가지 마. 죽여 버릴 거야."

"……안 그래도 난 죽는데……."

"시끄러워! 내 무기도 15강 해준다고 했잖아. 첫 번째 15강은 내 무기로 해준다고 했잖아! 죽지 마. 그러니까. 평생."

"……."

흐릿해지는 시야.

펑펑 울면서도 예쁨은 가려지지 않는 에피아의 풋풋함.

하나 느껴지는 강화사의 심정.

'아, 힘들다.'

사랑이고 뭐고 죽음 앞에서 무슨 소용이랴.

너무나도 현실적인 감정에 한시민마저 당황스럽지만 아예이해하지 못하는 바는 아니다.

걱정이 되긴 하는데 누굴 걱정할 때란 말인가. 당장 죽음이 멀지 않았는데.

그래도 죽기 직전에 위해준답시고 같이 죽자고 하는 것도 아니고 빨리 돌아가라는데 계속 있으니 답답할 수밖에.

그렇다고 강화사는 화를 내지는 않았다. 화를 낼 힘도 없을 뿐더러 사랑하는 마음은 변치 않았으니까.

"이 나쁜 놈아! 일어나! 내가 살릴 거야. 엉엉."

사랑에 미친 서큐버스는 그 어떤 종족보다 깊이 사랑한다고 한다. 그 모습을 여과 없이 보여주는 에피아의 뺨에 흐르는 눈물을 닦아준다.

"난 평생 너와 함께할 거야. 이 검이…… 그 증표야."

"거짓말!"

"정말…… 나중에, 진짜 나중에 다시 태어나서라도 찾아갈게. 그리고 못다 한 약속을 지킬게. 사랑해."

"안 돼!"

그 말과 함께 숨이 거둬졌다. 정신이 끊어지는 느낌과 함께 한시민의 시점은 3인칭으로 변했다.

숨을 거둔 강화사, 세상이 떠나갈 듯 우는 에피아.

한참을 운 뒤 에피아의 표정이 굳었다.

"복수할 거야."

이후 그녀가 마왕이 된 계기를 설명해 주는 영상.

"기다릴게. 꼭 다시 돌아와야 해. 알았지?"

에피아가 그녀를 배려해 이펙트마저 가려둔 무기를 품에 안았다.

동시에 영상이 끝났다.

현실로 돌아온, 아니, 마왕성으로 돌아온 한시민의 표정은 그와 함께 굳어졌다.

"내 무기를 강화해 주겠다고? 좋아. 한번 해봐."

"……이런 미친."

뭔가 아주 더럽게 엮인 기분은 착각이 아니겠지.

2

대부분은 두 번째 영상을 보기 위해 한시민의 방송을 보았지만 어찌 됐든 결론적으로 마지막 에피아와 강화사의 가슴 아픈 이별 스토리 이전에 나온 전쟁에 이번 한시민의 방송 하이라이트가 결정되었다.

웅장한 규모.

카메라가 다 잡지도 못할 만큼 끝없이 펼쳐진 군대.

오만 가지 종족이 힘을 합쳐 뭉친 장면.

마족들과 더불어 변절한 대륙의 종족들.

그냥 가만히 대치만 하고 있어도, 어떠한 BGM이 깔리지

않아도 사람들은 지루하단 느낌을 받지 못하고 또 어깨를 짓
누르는 침묵을 함께 경험한다.


　-흑마법사와 대륙군 전쟁 때와는 또 다른 느낌이다.
　-이건 진짜 올해 최고의 영화다.
　-칸 영화제에 이런 작품이 올라가야 한다.
　-미쳤다. 진짜. 베타고의 끝은 어디인가.
　-나 솔직히 말함. 보다가 지렸다.


　말이 필요 없다.
　무려 여섯 시간이 넘는 기나긴 영상이었지만 지루하다는
말은 단 한마디도 나오지 않았다.
　시작 부분부터 끝부분까지.
　달달한 사랑으로 시작한 로맨스부터 남녀노소 누구나 즐기
기 쉬운 전쟁 액션까지!
　그 과정에서 드러나는 현실성에 의한 잔인함은 다소 인상
을 찌푸리는 사람들이 있었지만 어느 정도 판타스틱 월드에
적응된 사람들이기에 탈주하는 정도까지는 아니었다.
　오히려 그 부분이 더 칭찬을 받았다. 현실성이 넘쳐흘러 이
게 연출인지 진짜인지 구분하기 힘들다.
　그렇다는 건 몰입감이 훨씬 강하다는 뜻이고 여섯 시간의

영화 속 주인공이 된 사람들로 하여금 보다 나은 만족감을 준다.

그 결과 사람들을 비롯한 유저들은 게임 외에서든 내에서든 한시민의 방송에 대한 이야기만을 나누기 바빴다.

"아, 아쉽다. 영상 뒤에 마왕이랑 나누는 이야기도 궁금했는데."

"그러게. 그러니까 뭐야. 시민이 가지고 있는 레전더리 직업의 선대 영웅이 사실은 지금 마왕과 그렇고 그런 사이라는 거?"

"그렇지. 완전 대박이다. 직업 스토리 퀘스트가 마왕하고 이어지는 거 아냐?"

"이게 가능한 확률이냐. 어쩌다 마계에 떨어졌는데 마왕하고 만났고 하필이면 그 마왕이 직업 스토리 퀘스트 대상이라니."

"뭐, 레전더리 직업이면 스토리 퀘스트가 몇 개 정도 있을 순 있지만 진짜 운이 좋은 거긴 하지. 만약 마계에 못 갔어봐. 어쩌면 평생 직업 스토리 퀘스트도 못 깨고 게임 접을 뻔했잖아."

"그러게. 보상은 뭘까. 레전더리 직업 스토리 퀘스트를 깬 사람이 있긴 할까."

"지금 켄지 길드에 다이노 있잖아. 듣기론 그 사람도 지금 레전더리 직업 스토리 퀘스트 진행 중이라던데."

"오, 대박이네. 누가 먼저 깰까."

"글쎄. 다이노야 전부 비공개로 진행하고는 있지만 그래도 다이노가 더 빠르지 않겠냐. 켄지가 뒤에서 돈으로 지원해 줄 텐데. 그리고 시민은 마왕이랑 관련돼 있어서 아무래도 힘들 것 같은데."

"에이, 난 오히려 시민이 더 먼저 할 것 같은데? 지금 나온 방송 분량까지만 보면 무기 강화하는 걸로 스토리 진행될 것 같은데 강화는 시민 전문이잖아."

"야야, 말도 마라. 그거야 다 저레벨 때 이야기지 요즘 방송 보면 렙제 높은 거 강화하는데 진짜 개고생이다. 마왕이 끼는 무기면 적어도 200레벨은 넘을 텐데 그걸 무슨 수로 15강까지 하냐. 전대 강화사도 12강까지 하고 포기했는데."

"그런가."

마치 천만 영화가 개봉되면 모든 사람이 그 얘기를 하며 입소문을 퍼뜨려 나가는 식!

이건 그 천만 영화보다 파장이 더했다. 한국에서야 천만이지 판타스틱 월드는 전 세계 사람들이 즐기는 것이니까.

만약 한시민의 영상이 20만 원만 아니었다면 정말 단기간 내에 세계에서 역사상 가장 빠르고 많은 조회 수를 찍었을 동영상이 되었을 것이란 분석들도 쏟아져 나왔다.

물론 그런다고 20만 원짜리 영상이 무료로 갑자기 풀리지는 않는다.

볼 사람만 봐라.

한시민의 경영 철학은 변하지 않고 실제로 볼 사람들만 봐도 이미 며칠 만에 세계적으로 유명해졌다.

그 이후의 이야기를 외전 형식으로 보고 싶다는 말들도 쏟아져 나오고 있고 실제로 당사자는 별생각도 않고 있지만 이걸 영화로 쳐서 따로 건들지 않고 영화제에 올려야 한다는 의견과 실질적인 압박도 엄청 들어가고 있고.

동시에 켄지 길드가 간접적인 홍보 효과를 얻었다.

유니크 이상 등급의 직업에만 있다는 직업 스토리 퀘스트!

많은 보상은 둘째 치고 직업의 진정한 효과를 끌어낼 수 있는, 하나하나 이유가 있는 직업들의 태초를 살펴볼 수 있는 퀘스트의 경쟁 상대.

누가 먼저 할 것이냐.

난데없는 불꽃에 켄지와 다이노도 바빠졌다.


그리고 이런 화제는 자연스럽게 NPC들에게도 전달되었다.

단연 한시민의 대륙 최초 마계에 간 모험가 스토리에 관심을 가진 건 공주였다.

"뭐라고요? 서방님이 마계에?"

"예, 공주마마. 전쟁에서 흑마법사들의 마법진 발동을 막으려 몸을 던지셨고 결국 성공하셨다 합니다. 그 덕분에 대륙은 흑마법사들로부터 마계의 게이트를 여는 걸 막을 수 있었지만……."

중간에 왜곡된 부분이 없잖아 있지만, 어찌 됐든 한시민의 배신에 대한 부분은 감쪽같이 미담으로 바뀌어 전달되었고.

"아바마마!"

공주는 곧장 황제에게 달려갔다.

"……."

공주가 들은 이야기를 황제가 듣지 못했을 리가 없다.

"끄응."

황제 또한 골치가 아팠다.

왠지 요즘 보이지 않더라니.

안 보이면 마음이 편한 건 사실이지만 이왕 좋을 거면 계속 연락이 되지 않아야지 이런 식으로 소식이 전해올 줄이야. 게다가 전쟁의 주역이라는 게 증명되는 말과 함께라니.

"정말 그놈이 마법진 발동을 막은 것이라더냐."

"예, 폐하. 모험가들끼리 연락할 수 있는 수단을 통해 사정을 전해왔다 합니다."

"흐음."

"현재 그분께선 마왕과 마주했으며 전대 다섯 영웅 중 한 명이었던 강화사와의 인연을 풀며 대륙으로 돌아올 방법을 찾고 있다 하였습니다."

"하아."

황제는 믿기지 않았다.

흑마법사의 마계로 향하는 마법진을 막았다니.

분명 그 당시 상황을 추정해 보았을 때 상급 마족과 싸우던 상급 천족이 황급히 사라졌고 그와 함께 어둠이 닥친 뒤 모든 게 끝이 났다.

정황상 누가 봐도 상급 천족에 의한 변화가 분명한 상황.

하나 어쩌겠는가. 증언해 줄 이가 아무도 없다. 상급 천족마저 그놈과 함께 있다고 하니.

게다가 공주가 철석같이 믿고 있다.

"아바마마, 어서 서방님을 구해와야 해요."

"공주, 이건 그렇게 성급히 결정할 문제가……."

"대륙의 영웅을 마계에 내버려 둔 채 나 몰라라 하다니요! 이건 있을 수 없는 일이에요! 신께서 들으신다면 분명 노하실 일이라구요!"

"아니, 그러니까, 공주."

"아바마마, 아바마마께서 제게 어렸을 적부터 가르치셨죠. 대륙을 통치하기 위해선 공과 사를 구분하고 채찍과 당근을 잘 다룰 줄 아셔야 한다고요. 전 아바마마의 가르침대로 의견을 말씀드리는 것뿐이에요. 개인적인 마음이 들어갔다면 이미 저 혼자서라도 마계로 향하는 방법을 찾았을 거예요."

"……."

그냥 생떼를 부려도 황제는 공주를 이길 수 없다. 하지만 지금 공주는 그런 수준이 아니었다. 어느 때보다 진지한 표정으로 차기 여왕의 포스를 마구 뽐내는 게 황제의 자리에서 신하에게 듣는 말치고는 상당히 공격적으로 들릴 수 있음에도 미소가 절로 번질 만큼 똑 부러지고 냉철하다. 맞는 말이기도 하고.

"대륙은 영웅을 필요로 해요. 수백 년 전 다섯 영웅이 그러했듯. 비록 그분들께서는 마왕을 물리치고 마족을 몰아내며 운명을 다하셨지만 이번에는 절대 그렇게 두어서는 안 돼요. 어떻게든 구해와야 해요. 거기다 서방님께서는 마계에 가서도 마왕과 마주하며 대륙의 평화를 위해 애쓰고 계시는데 모른 척하다니요!"

"……."

마지막엔 뇌피셜이 섞인 것 같지만 황제는 고개를 끄덕였다.

이미 오래전부터 공주에게 황제의 자리를 넘겨도 될 만큼 공주는 성숙했고 똑똑했다.

이런 와중에도, 무작정 감정이 내키는 대로 움직이고 싶을 텐데도 가능성을 따져 보고 가치가 있는지부터 판단하는 모습이면 충분하다.

"그럼 공주에게 이번 일을 맡겨도 되겠는가?"

"예, 폐하. 제게 맡겨주세요."

흑마법사의 처치와 더불어 대륙엔 하나의 명제가 더 떨어졌다.

대륙의 영웅을 구하라!

대륙의 중요 NPC들과 유저들이 다시 한번 황궁으로 모여들었다.

공주는 아름다웠다.

저주가 풀리고 나서부터 원래의 미모를 되찾기 시작했지만 지금은 그것보다 몇 배는 더 아름다워졌다고 봐도 무방할 정도로 예뻐졌다.

여자가 가장 풋풋하고 예쁠 나이. 성년이 되기 직전.

그 나이에 사랑에 빠졌다. 예쁘지 않을 수가 없다.

황제의 단상에 서 있는 공주를 넋 놓고 쳐다볼 수밖에 없는 이유다.

그런 시선들에도 공주는 아랑곳하지 않고 외쳤다.

"마계에 대륙의 영웅이 갇혀 있습니다."

공주는 곧 황제다. 하나 그녀는 밑의 사람들에게 하대하지 않았다. 그럼에도 담긴 목소리엔 위엄이 가득했다.

여자라고, 하대하지 않는다고 만만하게 볼 수가 없는 카리스마!

아니, 오히려 그런 대우와 박력에 더 높은 벽이 세워지는 기분이었다.

"구하러 갈 순 없습니다. 마계로 향하는 게이트를 열 방법이 없을뿐더러 가는 것은 쓸데없는 희생만 야기하는 것이니까요. 다만!"

어느 순간 그녀의 아름다움, 몸매에 취해 넋을 놓고 있는 사람은 아무도 없었다.

적어도 여기 모인 사람들은 대륙에서 난다 긴다 하는 고수들!

그들에게 주어지는 명령이다.

목숨을 걸어야 할지도 모른다.

그렇지 않았다면 이들만 따로 먼 길을 오라고 부르지 않았겠지.

또 이번 일은 공주가 모든 걸 주관한다. 황제가 믿고 맡겼다는 이야기.

믿고 맡겼지만 진행되는 스타일은 황제와 전혀 다를 수도 있다.

더더욱 긴장해야 한다. 그녀의 스타일에 맞추지 못하면 도태된다.

긴장감 속 그녀가 말했다.

"소통하고 준비를 할 순 있겠죠. 모험가들은 그분과 연락할 방법을 찾고 그분을 구하기 위한 방법을 준비합니다. 그를 위해……."

말과 함께 그녀의 눈동자에 서늘한 기운이 스쳤다.

폭군의 자질!

모두가 침을 삼켰다. 이제부터가 진짜다.

"지금 이 시간부터 마주하는 모든 흑마법사를 생포합니다. 신체 불구가 되어도 상관없습니다. 사고할 수 있는 생존 상태로 어떻게든 생포합니다."

"……."

침을 삼키고 들은 보람이 있는 말이었다. NPC들은 그녀의 결정에 놀랐고 유저들은 숨을 들이켰다. 무슨 의도인지 모르는 사람은 없었다.

마계의 게이트를 연다! 오로지 대륙의 영웅을 구하기 위해!

마족들이 넘어올지도 모르는 위험을 감수하면서도.

그런 결정에 감탄함과 동시에 숨을 들이켠 건 오직 하나의 이유다.

―속보) 메인 퀘스트 난이도 200배 정도 상승.

공주의 공을 사칭한 사적인 마음 덕분에 그 시간 이후로 흑마법사 처치에 대한 공적 기여는 모조리 사라졌다.

3

원래 주식도 많이 산 놈이 손해를 보게 되어 있다.

이번 메인 퀘스트 역시 마찬가지였다.

공헌도를 쌓고 어느 정도 쌓인 뒤 보상을 받으러 가면 교환이 가능한데 그걸 모으고 모아 더 큰 보상을 노릴 수도 있기에 유저들은 신중한 선택이 필요했다.

물론 흑마법사를 잡아 공헌도를 올린다는 가정하에 할 수 있는 선택이었지만 어쨌든 단기간 흑마법사를 잡고 모이는 공헌도를 바로바로 보상으로 바꾸는 유저들이 있는 반면 더 큰 그림을 보고 공헌도를 쭉 모은 유저들이 사실상 새롭게 갱신된 메인 퀘스트 시나리오 4막의 최대 피해자들이었다.

"……안 된다고요?"

"죄송합니다. 보유 중인 공헌도가 부족합니다."

이대로 쭉 갔으면 어쩌면 최대 수혜자가 되었을지도 모른다.

켄지, 그리고 켄지의 길드는 대마도사를 중심으로 흑마법사들을 만나면 빠르게 쳐 낼 수 있는 능력을 가졌었고 흑마법사들이 뭉쳐 있는 장소를 알아낼 수 있는 재력도 보유하고 있었으니까.

거기에 더해지는 시간의 투자까지.

이번 메인 퀘스트가 끝날 때까지 계속 공헌도를 모으고 있다가 퀘스트가 끝나고 나서 보상을 받게 된다면 감히 예상하건대 전쟁에서 받은 보상 그 이상을 받을 수도 있다는 생각을 하고 있었다.

아니, 그건 확신이었다.

진짜 이런 식으로 뒤통수를 후려 맞을 줄은 꿈에도 몰랐을 뿐.

"……."

이건 뭐 주식을 샀는데 반토막이 난 것도 아니고 아예 휴짓조각이 된 셈이지 않은가.

그나마 기존의 공헌도는 사용할 수 있고, 아직 메인 퀘스트 시간은 충분하고, 켄지 길드가 갖고 있는 저력 역시 어디 가지 않는다는 점에서 아예 끝난 게임은 아니지만 충분히 허탈하고 어이가 없을 수밖에 없다.

어찌 됐든 원하던 보상은 물 건너갔고 새롭게 다른 종류의 공헌도를 쌓아야 한다는 뜻이 아닌가.

특히 이런 사달이 난 이유가 한시민이라는 것이 가장 황당했다.

현실에서는 태어나서 지금껏 단 한 번도 겪어보지 못했던 수모!

세상에 비즈니스 파트너가, 굳이 따지자면 켄지는 하청 업체 수준도 안 되지만 어쨌든 상대편에서 이쪽의 흠 때문이 아니라 그냥 그쪽이 좋아하는 남자를 위해 이런 식으로 하청 업체에게 일방적으로 손해를 떠안게 하다니.

당장 고발해도 시원치 않을 일이다. 마음 같아선 그러고 싶다.

"알겠습니다."

하지만 그러지 못했다.

어쩌겠나. 지금 켄지가 이 자리에 서서 난다 긴다 하는 NPC들과 어깨를 나란히 하며 메인 퀘스트를 진행하고 있는 것도 모든 게 그의 힘으로 된 것도 아닌데.

게다가 황제는커녕 공주의 말 한마디면 여전히 판타스틱 월드 인생이 바닥으로 추락하는 건 한순간이다. 그건 몇 년이 지나고 켄지가 정말 많이 성장한 뒤라도 다를 게 없다.

이를테면 신이다. 무슨 불공정한 퀘스트를 내주더라도 해야 한다.

꼬우면?

"……언젠가는."

황제가 되면 된다.

켄지가 참는 가장 큰 이유다.

이런 시스템.

현실과 비슷하다. 을의 입장에선 도저히 어떻게 할 수 없는 갑만을 위한 세상. 그걸 뚫고 어떻게든 갑의 자리에 앉으면 이보다 편한 세상이 없다.

완벽하게 짜여 있는 시스템이니 굳이 그걸 돈독히 하려고 노력할 필요도 없다.

몇 년만 참는다. 판타스틱 월드는 그만한 가치가 있는 게임이다.

"다른 모험가들이 대기 중이니 비켜주시겠습니까?"

"……."

물론 그런다고 지금의 분노가 사라지는 건 아니었다.

따지고 보면 켄지의 손해가 가장 컸지만 그건 어디까지나 객관적인 지표에 의한 통계고 개인으로 따져 보면 사실 엄청난 손해를 보지 않은 유저를 찾아보기 힘들 정도의 업데이트 혹은 패치 혹은 퀘스트 변경이었다.

　─미친 거 아니냐. 무슨 메인 퀘스트가 유저 뒤통수를 치냐.
　─와, 이럴 거면 진작 공헌도 소모하고 치킨 먹었지.
　─거기다 퀘스트 더 어려워짐. 흑마법사를 어떻게 생포해서 가.

　심지어 메인 퀘스트가 진행된 지 얼마 되지도 않았다. 전체적으로 보면 유저들이 계산한 이번 메인 퀘스트의 진행 정도는 약 반년 정도.
　그것도 최소치로 잡은 것이다. 당연히 그 전에 끝나리라는 생각을 하는 유저는 얼마 없고 최대한 많은 공헌도를 모으고 모아 더 좋은 보상으로 바꾸려고 하는 건 자연스러운 생각이다.
　한데 한 달 만에 이런 뒤통수를 쳐 버린다. 어찌 분노하지 않을 수 있단 말인가.

　─어차피 원래 공헌도 쓸 수 있는데 뭐가 불만?
　─쯧쯧. 그렇게 큰 욕심 부리면 안 된다니까. 판월에선.
　─바뀌었어도 흑마법사들이 지금 약한 건 사실이고 생포해 갔을 때 주는 포인트는 죽였을 때보다 몇 배는 많다고 하니 희망을

가지셈.

몇몇 이는 이런 유동적인 판타스틱 월드의 매력에 만족을 느꼈지만 어찌 됐든 이번 일은 피해를 입은 유저가 더 많았기에 아무래도 말이 나올 수밖에 없었다.

그리고 그건 NPC들 역시 마찬가지였다. 그들은 홀로그램을 통해 퀘스트를 볼 수 없을 뿐이지 그들 역시 공헌도가 쌓이는 건 마찬가지니까.

물론 그럼에도 그 누구도 공주나 황실에서 나온 NPC들에게 딴지 걸지 않았다. 그저 투덜대는 수준이다.

투덜이야 누구나 댈 수 있지만 직접 억울함을 호소하는 건 별개의 문제다.


–누가 가서 따질 사람 없냐. 파티 모집한다.

–미쳤냐. 혼자 뒤져. 왜 엄한 사람들까지 끌어들이냐.

–ㄹㅇ 노양심이네. 누구 좋으라고 가서 따짐ㅋㅋ

–따질 수나 있으려나. 입구 컷 당하지 않으면 다행이지.

–내가 개인 채널 돌다가 그 황실은 아니고 그냥 공헌도 교환해 주는 NPC한테 따지는 유저 영상 봤는데 별 대꾸도 않고 그냥 끌고 가더라. 그 뒤로 영상 안 올라오는 거 보니 감옥에 갇힌 듯하다.

게임 인생은 기니까.

게임 접을 게 아니면 뭐 말한다고 바뀌지도 않는 소리 없는 아우성을 할 필요가 있겠는가.

다들 투덜대면서도 서둘러 바뀐 메인 퀘스트에 적응하기 위해 이리저리 뛰어다녔다. 무엇보다 목숨을 걸 만큼 어이없는 뒤통수는 아니었으니까.

난이도가 좀 올라가고 그냥 원하는 보상까지의 시간이 1주 정도 연장된 것뿐이다.

그럼에도 유저들은 입에 한마디씩 들고 다니는 걸 잊지 않았다.

"시민 개새끼."

4

개새끼가 인상을 찌푸렸다.

'……어떻게 하지.'

선택의 길이 없긴 하다. 무기를 강화해 주겠노라 선언한 것도 한시민이고 그 역시 커뮤니티를 시간이 날 때마다 정독하는 유저 중 한 명으로서 이미 얼마 전 커뮤니티에 올라왔던 직업 스토리 퀘스트에 대한 정보는 어느 정도 알고 있으니까.

클리어하면 좋은 무기든 방어구든, 돈이든 스킬이든, 뭐든 직업의 각성을 돕는 퀘스트.

표준 편차가 유니크 등급의 직업 스토리 퀘스트 하나라 아직 많은 것을 알 수는 없지만 지금 그가 본 영상이 그것이라는 것쯤은 쉽게 눈치챌 수 있었다.

아무래도 할 수 있는 것이라고는 그의 특이한 능력을 그나마 게임에서 소화할 수 있게 도움을 주는 것뿐인 직업이니 스토리 퀘스트를 진행해 깨고 뭐라도 다른 좋은 게 나오길 바라야 하는 입장이기도 하고.

하나 문제는 처음부터 보였던 에피아의 전대 강화사를 대하는 태도였다.

사랑에 빠지고 평생 곁에 있겠다는 둥 뭔가 불안하다. 개인적인 오해일 수도 있지만 안 좋은 쪽의 가능성은 최대한 많이 열어두는 편이 정신 건강에 좋다.

게다가 마지막에 전대 강화사가 한 말 또한 그를 저격하는 말이 아닌가.

오해하기 딱 좋은 말이다.

나중에 꼭 찾아가겠다니.

이를테면 제자를 보내겠다고 등으로 말하면 될 걸 왜 오해의 여지가 듬뿍 담긴 말로 사람을, 아니, 서큐버스를 오해하게 만든단 말인가.

김칫국일 수도 있지만 여기서 그가 저 무기를 15강 하면 마왕이 그를 전대 강화사로 여길 가능성도 있다.

그러면…….

"좋네."

"뭐?"

"아니, 아니야."

나쁠 건 없네.

마왕의 사랑이라니. 세상을 말아먹고 한탕 거하게 하기엔 딱 좋은 조합이 아닌가. 그녀의 집착 같은 사랑만 아니라면야.

어찌 됐든 거절이란 단어 자체가 나와선 안 되는 상황이기에 고개를 끄덕였다.

"좋아, 할게."

어느새 다시 짧아진 말에 에피아는 별말 하지 않고 무기를 건넸다.

눈빛 또한 그를 분해하듯 훑지도 않는 게 이제는 전대 강화사를 잊은 것 같기도 했다. 속단할 순 없지만, 일단은 그래 보이니까. 굳이 신경 쓴다고 달라질 것도 없고.

때려치우고 무기의 옵션부터 확인했다.

과연 마왕이 쓰는 무기는 어떨까. 전대 강화사는 어떤 식으로 강화를 했기에 12강에서 멈췄을까.


**[+12 서큐버스 여왕의 쌍검]**

* 등급: Epic Legendary

* 착용 레벨: 200

* 착용 조건: 서큐버스 여왕

* 공격력: 2,800(+1,400)

* 옵션 1: 공격력 +5%(+2.5%)

* 옵션 2: 매혹된 상대에게 치명적인 일격 대미지 +10%(+5%)

* 특수 옵션 1: 공격 시 매혹 확률 +5%(+2.5%)

* 특수 옵션 2: 장인의 영혼이 담긴 무기. 파괴되거나 소멸되지 않는다.


순식간에 전대 강화사가 존경스러워졌다.

"미친놈이네."

옵션도 미쳤고 공격력도 미쳤다. 일단 등급부터 서큐버스들에게만 내려오는 고유의 무기 정도라는 것쯤은 알 수 있지만 착용 레벨과 비례하는 공격력이란. 현재 15강 한 한시민의 전설의 망치와 공격력이 같다.

그렇게 따지고 보면 별로 안 좋아 보일 수도 있지만 이건 어디까지나 무기에 달린 공격력일 뿐.

사용자의 수준에 따라 상수가 결정되고 산출되는 대미지가 달라진다는 걸 생각해 보면 정말 에피아가 그의 목을 그을 때 얼마나 가볍고 아무 마음 없이 그었는지를 알 수 있게 해준다.

당장 망치를 뻥뻥 휘두르며 유저들을 원 킬에 죽여 버렸던 것만 떠올려 봐도 알 수 있지 않은가.

게다가 이걸 15강 한다면?

12강의 강화 효과는 50% 추가일 뿐이지만 15강일 땐 무려 1,000%다.

단순 계산으로만 10배의 공격력이 추가되고 거기에 전대 강화사의 능력과 한시민의 운발이 조합되어 강화 수치가 올라가기라도 한다면…….

진짜 웃자고 한 천왕과의 그 집 앞마당에서 맞짱 떠서 이기는 것도 결코 불가능한 일이 아닐 수 있다.

하나 한시민이 욕을 한 건, 그리고 전대 강화사를 존경할 수밖에 없었던 건 무기가 대단해서가 아니다.

무기가 대단했다면 서큐버스들을 칭찬했어야 옳다.

이런 무기를 용케 구해 쓰고 있구나. 이러니 마왕이 되지.

그건 그거고 무려 12강까지 강화한 것을 칭찬한 것이다.

200레벨의 아이템이다.

과연 내가 3강을 마저 올릴 수 있을까?

가장 먼저 의문이 든다.

하는 거?

어렵진 않다.

한시민은 전대 강화사처럼 확률에 의존해야 하는 것도 아니고 그처럼 제물을 모아야 하는 건 맞지만 그 제물이 강화 확률을 눈곱만큼 올려주는 전대 강화사와 달리 확률을 100에 수렴하도록 만들어주는 것이니까.

그 차이임에도, 막막하다.

"……여기 마족들을 좀 사냥해야 할 것 같은데."

"얼마든지."

어느 순간 호의적이 된 에피아의 선의에도 조심스러울 수밖에 없다.

골치가 아파오며 미간을 부여잡는다.

"일단 해볼게."

왠지 모르게 게임 시작하고 1년이 넘도록 포기했던 레벨을 강제로 올려야 할 날이 온 것만 같은 이 느낌적인 느낌이란.

오해였으면 좋겠다는 생각이 문득 들었다.

5

이랬다저랬다.

반말과 존대가 오가는 마왕과 한시민의 대화는 화면을 공유하는 시청자들이 보기에도 살짝 적응이 안 되는 감이 없잖아 있었지만 사실 스페셜리스트와 그로킬레, 아리아가 보기에 가장 이상했다.

"뭐지, 이 분위기는."

"쳐 죽일 것 같더니 이제는 화해하고 무기를 맡기네."

"어쩌다 보니 결국 시민 씨 뜻대로 가는 거 같은데?"

방송을 보고 있는 것도 아니다. 이런 상황에서 방송이나 틀고 게임 할 만큼 라이트한 유저들이 아니기에. 그러니 의문일 수밖에 없다.

그럼에도 스페셜리스트는 한시민을 믿었다.

"역시 사막에서 물이 없어도 시민 오빠만 있으면 된다더니 뭔지 몰라도 잘 해결된 것 같네."

오간 이야기 따위야 뭐. 알아서 하겠지.

원래 스페셜리스트가 이렇게 의존적인 성격은 아닌데 왠지 모르게 한시민과 함께할 때면 자꾸 그렇게 된다.

사실 지금 상황에서도 흑마법사의 수장이나 다름이 없는 강예슬이 나서는 게 맞지 않는가.

아니, 현실적으로 따지면 누구도 나설 수 없다.

애초에 마왕을 만나러 오면 안 됐다. 수준 자체가 다른데.

그럼에도 초보자나 다름없는, 이제 막 걸음마를 뗀 아기 수준의 한시민이 황제를 만나게 되었듯 지금도 만남이 성사되었고 이야기가 잘 풀렸다.

한두 번이야 우연이라 쳐도 이렇듯 신뢰를 주는데 어찌 믿지 않을 수 있단 말인가.

"마족들 막 죽일 거야. 아주 막 그냥 막 천족이 마족 보면 죽이듯. 마족이 대륙에서 인간들 죽이듯 막."

"그렇게 해."

"그러려면 네가 필요해."

"……?"

저렇게 마왕에게 대놓고 구애하는 멋있는 남자가 아닌가. 그것도 서큐버스에게! 어쩌면 발목이 잡힐지도 모르면서!

돈을 위해서라면 기꺼이 희생할 준비가 되어 있는 한시민의 발언에 모두가 침을 삼키며 지켜보았다.

단 한 사람, 아니, 마족.

그로킬레만이 숙인 고개에서 잔뜩 인상을 찌푸리고 있을 뿐이었다. 마치 에피아가 어떤 말을 할지 알기라도 하듯.

"나?"

"응."

"좋아."

"……진짜?"

"마왕성에서 나간 지도 꽤 됐고, 오랜만에 마계 구경이나 하러 가 볼까."

그리고 그녀는 그로킬레가 예상한 말을 내뱉었다. 어울리지 않는 얼굴로 요염하게 입술을 핥으며.

이질적인 두 가지 매력이 섞여 나오며 남자의 마음을 뒤흔

든다.

요염함과 외모에서 나오는 뭐랄까, 어린 느낌이랄까.

무려 수백 살이나 먹은 서큐버스니까 요염한 게 당연한 건데 당연하면 안 될 것 같은 기분.

어쨌든 마치 기다렸다는 듯 채비를 갖추는 모습에 살짝 고개가 갸웃했지만 대수롭지 않게 여겼다.

지금 문제는 그게 아니니까.

한시민의 손에 들린 무기의 미래가 더 중요하다.

15강을 하느냐 마느냐의 갈림길이 한시민의 직업 스토리 퀘스트를, 하늘이 내려주신 운으로 받게 된 이 행운을 잡느냐 마느냐의 결과로 이어질 테니까.

언제나 그렇지만 한시민은 자기 자신의 이익과 연관된 일이라면 최선을 다한다.

"가자! 마계로!"

활기찬 발걸음이 마왕성 밖을 향했다.

서큐버스를 단체로 끌고 나갈 것이라 생각했던 것과는 달리 에피아는 홀로 따라나섰다.

어떠한 채비도 갖추지 않은 채, 마왕성에서 입고 있던 평범

한 드레스를 그냥 걸치고.

무기마저 한시민에게 건넸으니 그녀를 방어할 수단이라곤 아무것도 없는 상황.

아무리 마왕이라 해도 일단 보이는 모습은 예쁘장한 여자아이니 보는 이로 하여금 불안함을 불러일으킬 수밖에 없다.

"야, 그렇게 나가서 안 춥겠냐."

"신경 쓰지 마."

"신경이 쓰이니까 그렇지. 제일 도움이 될 것 같아서 데려온 꼬맹이가 제일 먼저 한 대 맞고 나가떨어지면 어떻게 하나 걱정이 되네."

"흥, 걱정은 네가 하는 게 좋을걸? 만약 네가 진짜 그이의 화신이 아니라면……."

"응?"

"아냐, 어쨌든 거래는 네가 제안한 거니 거래가 성립되지 않았을 땐 내가 직접 너희를 모조리 찢어 죽일 거야."

"……."

살벌하네.

뭔가 살짝 들어선 안 될 말을 들은 거 같기도 하고.

그런 이질적인 분위기 속에서 서큐버스의 영역을 벗어나 걷고 또 걸었다.

"어디로 가?"

"오빠만 믿고 따라와."

"……."

한시민의 감을 따라 계속 걸었다. 한시민의 것이라기보다 쌍검이 알려주는 명당의 위치겠지만 어쨌든 며칠을 걸었다.

걸으면서 에피아와 많이 친해졌다.

"아이, 귀여워. 한 번만 만져 보면 안 돼?"

"더러운 손을 어디다가 대려고. 한번 만져 봐. 영원히 꿈에 갇혀 남자들에게 치욕스러운 나날들을 보내게 해줄 테니까."

"힝."

그게 과연 인간의 기준에서 친해졌느냐에 대한 질문이라면 살짝 대답이 늦어지긴 하겠지만 다행히 유혈 사태 같은 건 일어나지 않았으니 화목하다고 평가할 수 있었다.

"이거 좋아해?"

"미쳤냐. 어디서 이런 마족 고기를 가져와서 날 식인종으로 만들려고."

"……분명 좋아했는데."

그나마 다행인 점이라면 한시민에겐 무언가 친절하다는 것?

이게 친절이냐고 묻는다면 역시 고개가 갸웃해지지만 어쨌든 다른 사람들에게 대하는 것과 한시민에게 대하는 건 뭔가 달랐다.

그리고 그 차이를 한시민은 시간이 지날수록 알 것 같았다.

'이거 진짜 날 전대 강화사로 대입시키는 거 같은데.'

넌씨눈이 아니고서야 모를 수가 없다.

당장 마족 고기를 내미는 것만 해도 영상에서 얼핏 스쳐 지나간, 시커먼 아재의 밥 먹는 모습까지 굳이 담고 싶지 않아 그냥 대충 본 화면에서 본 것 같기도 하다.

사이좋게 고기를 구워 먹는 모습일 뿐이었지만 그게 마족 고기였겠지.

이런 식으로 하나둘 접점을 찾아 나가는 과정일지도 모른다.

그러다 퀘스트를 완료하면…….

좋은 것인지 아닌지는 닥쳐 봐야 안다. 당장 퀘스트를 완료할 수 있을지조차 의문이니까.

하나 확실한 건 있다. 적어도 한시민은 그에게 주어진 기회를 상당히 곤란한 방식이라도 어떻게든 소화해 낼 자신이 있다는 것.

"크오오아아아!"

그를 위해 먼저 눈앞에 나타난 거대한, 고개를 치켜세워야 겨우 끝을 볼 법한 괴수들과의 전투를 치러야 했다.

## 6

한시민은 대륙에 모든 기반을 두고 있기에, 하물며 현실의 건물마저도 게임의 기반으로 얻은 부수적인 것에 불과하기에 마계에 강제로 갇히게 된 것에 대해 상당히 불안하고 하루빨리 대륙으로 넘어가고 싶다는 생각을 가질 수밖에 없다.

하지만 그의 시청자들은 그렇지 않다.

집구석에 누워서, 혹은 게임을 플레이하며, 회사에서, 화장실에서 그의 영상을 언제든 즐기는 사람들에게 있어 PJ 시민의 마계 방문은 쌍수를 들고 환영할 수밖에 없는 컨텐츠다.

아무리 판타스틱 월드가 넓고 방송하는 PJ가 많다 한들 결국 대륙이라는 하나의 틀 안에 갇힌 방송이 될 수밖에 없기 때문에.

물론 그 안에서 뽑아낼 수 있는 컨텐츠의 수는 평생 방송을 봐도 모두 소화 시키지 못할 만큼 많긴 하다.

실제로 특색 있는 컨셉의 PJ들도 네 자리가 넘을 정도로 많으니까.

다만 그런 PJ 중에서 시청자의 기호를 만족시키면서 동시에 이런 특별한 컨텐츠를 준비하는 PJ는 얼마 없다.

한시민이 그중 한 명이다.

게임 방송을 보는 시청자들의 대리 만족을 제대로 시켜주는 강화 컨텐츠.

그런 강화로 맞춘 아이템으로 수백 명의 유저와 싸워 이기는 전투 컨텐츠.

유저들 중에선 이제 하나둘 갖기 시작했지만 최초로, 그리고 누구보다 화려하게 가꾼 영지 컨텐츠.

그를 바탕으로 하는 침략.

곧 오픈할 카지노.

무엇보다 시청자들을 흥미롭게 해주는 돈에 의해 이리 붙었다 저리 붙었다 자신의 신념을 지키는 모습까지.

이 완벽한 PJ가 대륙 누구도 가 보지 못한 마계를 탐방한다.

얼마나 흥미로운가.

그만의 색깔로 탐험하는 마계는 어떨까?

기대가 되지 않을 수가 없다. 해서 당사자는 뽑아먹을 만큼 뽑아먹고 나오고 싶어 하지만 반대로 시청자들은 더 있길 바란다.

그런 반대되는 의견을 가진 사람들끼리 소통의 장이 열렸다.


-오, 마계 탐험 2탄인가.

-이번엔 시작이 조금 찝찝하네.

-윽, 괴물들 침 흘리는 거 봐.

한시민의 방송이 켜지자 시청자들이 기다렸다는 듯 몰려왔다.

평소 고정적으로 들어오던 시청자들에 비해 훨씬 많은 숫자.

마계 탐험 1탄에서 얼마나 많은 사람에게 한시민의 방송이 알려졌는지 보여주는 아주 훌륭한 사례.

전 세계에서 궁금해서 찾아온다.

그냥 재미로 오는 사람을 제외하고 기사를 쓰기 위해 오는 이도 많고 방송 프로그램에서 써먹으려고 들어오는 사람도 많았다.


–오늘도 뚠뚠. 광고를 뚠뚠.


기나긴 광고와 함께 시작된 마계 탐험 2탄은 비록 1탄처럼 훈훈하거나 그런 장면은 없었고, 또 들어오는 시청자들을 깜짝 놀라게 할 장면들이 곧바로 이어지며 급박하게 진행되었지만 모두 쉽게 적응하고 시청하기 시작했다.

사실 판타스틱 월드에서 가장 흥미로운 방송 컨텐츠를 꼽으라고 굳이 한다면 역시 전투다.

현실에는 존재할 수 없는 미지의 적과의 전투.

멋있게 컨트롤로 적의 공격을 피하고 적의 심장에 무기를 꽂는 통쾌함!

"으악! X발! 왜 이렇게 세!"

"오빠! 어떻게 좀 해봐!"

"야! 킬레. 뒈질래? 빨리 처리 안 하냐?"

"⋯⋯."

그딴 건 없고 멋있게 달려들었다가 이리저리 도망치는 한시민의 모습만이 보일 뿐이었지만 그마저도 흥미로웠다.


−뒈져라.

−진짜 시민 뒈지는 거 한번 보고 싶었는데.

−뒈지면 뭐 떨어질까.

−힘내라, 괴수들!


모든 게 컨텐츠다.

이런 축복받은 PJ가 판타스틱 월드에 어디 있을까.

모두가 죽음을 바라는 상황에서 아쉽게도 한시민은 꿋꿋이 살아 나갔다.

그로킬레가 괴수를 천천히 하나, 하나 잡는 와중에 살아남아야 하는 건 그의 몫.

그러다 슬슬 힘이 부쳐 올 때가 됐을 때.

"간다. 필살기!"

외침과 함께 성역을 펼쳤다. 마계의 중심에서.

성스러운 기운이 사방으로 퍼져 나갔다. 마계에서 이런 걸 써도 될까 싶은 죄책감 따위는 당장 발바닥에 깔리면 한 줌 핏 덩이로도 남지 못할 만큼 거대한 괴수들의 외침 앞에서 한없이 소용없는 것.

"크워어엉!"

괴수들이 울부짖었다.

"이런 미친 개……."

상급 마족 그로킬레도 갑작스러운 신성력에 저도 모르게 욕을 내뱉었다.

스페셜리스트를 위주로 다가오는 괴수들만 처리하고 있던 아리아만이 마계에서 느끼는 청량함에 미소 지을 뿐.

그렇게 성역으로 혼란의 도가니가 펼쳐진 상황에서 잠시 잊고 있던 그녀가 나섰다.

챙기려 해도 거대한 괴수들 사이에 가려져 모습이 보이지 않던 마왕 에피아!

"귀찮게……."

1탄이 끝날 때 가장 많은 시청자가 궁금해하던 주인공의 등장이었다.

# 7

마왕은 이마에 마왕이라고 붙여놓고 다니지 않는다.

황제도 마찬가지고 천왕도, 교황도, 심지어 대한민국, 아니, 미국 대통령도 마찬가지다.

그나마 TV를 통해 얼굴이 알려졌으니 길 가다가 만나면 '우와, 대통령이다' 정도는 해주는 거지 그 자리에 앉아 있다고 무언가 알 수 없는 포스가 생기거나 일반인으로 하여금 가까이 가면 안 되겠다 싶은 오라를 풍기는 건 아니다.

그렇기에 나타난 괴수들도 당연히 에피아를 알아보지 못했다.

게다가 그녀는 일반적으로 떠오르는 마왕처럼 생기지 않았다.

귀엽고 예쁘고 섹시하고.

어울리지 않는 단어들의 조합임에도 그 수많은 수식어 가운데 마왕과 관련이 있는 단어는 하나도 없다.

그렇다고 마왕을 상징하는 무언가를 갖고 있느냐?

그것도 아니다.

기껏해야 무기 정도인데 그마저도 한시민에게 넘어가 있다.

마족도 아닌 괴수들이, 마왕 에피아를 상징하는 쌍검을 알고 있을 리가 없다. 마계는 넓으니까.

마왕이 마계를 통치하지만 모든 마족과 괴수들이 마왕을 아는 건 아니다. 평생 살면서 마왕을 마주하지 않는 경우도 허다하다.

거기에 에피아는 흑마력을 줄기줄기 내뿜으며 멍청한 괴수들의 본능을 건드리는 짓도 하지 않았다.

그냥 겉으로만 보면 영락없는 서큐버스 소녀다.

누가 그녀를 그 서큐버스들의 여왕, 그를 넘어 마왕으로 보겠는가.

그렇기에 괴수들이 덤벼든 것이고 에피아를 나서게 했다.

"귀찮게……."

얼굴엔 귀찮은 표정이 가득했지만 눈빛엔 걱정이 담겨 있었다. 걱정이 담긴 시선은 죽어라 도망치고 있는 한시민에게 향했다.

아직 확신하는 건 아니다.

전대 강화사.

그녀의 정인.

죽어서도 평생 그녀가 품고 살아갈 서큐버스의 단 한 명뿐인 사랑. 그 사랑이 다시 돌아왔을지도 모르는 중요한 상황이다.

아닐 수도 있지만 일단 지금껏 일말의 희망조차 꺼진 채 살아가던 그녀에겐 모든 걸 바쳐 투자할 만한 가치가 있는 시험이다.

당연히 죽게 내버려 둘 순 없다.

그래서 따라온 것이다.

겸사겸사 오랜만에 마계의 종족들에게 마왕의 무서움을 보여줄 때가 되었기도 하고.

보여주지.

에피아가 한시민을 향하며 중간에 마주하는 거대한 괴수를 향해 손을 뻗는다.

시선조차 주지 않는 무심한 손길들.

바쁘지도 않다. 그냥 길을 가다 눈앞을 가로막는 날파리를 치우는 것 같은 느낌의 손짓이었다.

그마저도 에피아의 가늘고 가녀린 손으로 하니 위협조차 되지 않는다.

하지만 결과는 전혀 그렇게 훈훈하지 않았다.

괴수들의 공격을 막아내면서도 아빠 미소를 짓던 정현수의 표정이 굳었다.

한 번 휘두른 손짓에 그대로 몸이 반으로 쪼개지며 생을 마감하는 괴수의 허망한 인생을 보았기 때문이라고 절대 말하지 않으리라.

아주 깔끔히 절단된 몸은 그 사실을 받아들이기도 싫은지 피조차 흐르지 않았다.

그것이 정말 깔끔하게 절단되었기 때문인지 혹은 마왕의 권능에 깃든 능력 때문인지는 중요치 않았다.

중요한 건 하나였다.

"크어엉?"

"크르르."

상급 마족이고 뭐고 일단 본능에만 충실하던 괴수들이 처음으로 두려움을 느끼는 단 한 번의 공격이었다는 것. 그리고 괴수들이 그걸 느끼는 순간에도 벌써 다섯이 넘는 괴수가 마왕의 손길에 열이 되었다는 것.

"……무기나 방어구 따위는 진짜 필요가 없는 거였구나."

어떻게든 살아보겠다고 도망치던 한시민이 허탈함을 흘릴 수밖에 없었다.

저건 뭐.

품속에 고이 간직한 쌍검 따위 15강 하고 슬쩍 먹고 튀어도 마왕의 인생엔 별다른 문제가 없을 것 같은 기분이랄까.

그렇게 마계 탐험 2탄, 마왕의 몸풀기가 성공적으로 방영되었다.

흑마법사들은 전력을 다해 도망쳤다. 정말 모든 걸 포기하고 도망만을 선택한 것처럼 열심히.

해서 평소였다면 감히 흑마법사들에게 이빨을 들이밀기는 커녕 인사 한 번 건네지도 못할 모험가들에게 죽기도 했다.

어쩔 수 없었다. 공격해 와도 반격 대신 회피와 후퇴를 택했으니까.

어떤 전쟁이든 전력이 얼마든 전투 상황에서 상대에게 등을 돌리고 도망치는 것만큼 피해가 큰 싸움은 없다.

그럼에도 흑마법사들이 그런 선택을 한 건 미래가 없기 때문이다.

싸워봤자다. 마계로 향하는 게이트를 열 수 없다면 더 이상의 피해는 소모전이 될 뿐이고, 그 소모전은 수적 차이로 보면 대륙에 비해 티끌만큼도 되지 않는 흑마법사들에게 뼈저린 손해가 될 수밖에 없다.

게다가 대륙군은 지금 전쟁의 승리에 취해 자신들의 희생 따위는 안중에도 없이 달려든다.

혹 여유가 생겨 쫓아오는 무리를 죽이고 달아나야겠다는 생각을 해도 목숨을 내던지며 다른 추격대가 올 때까지 시간을 끌면 흑마법사들은 결국 죽는다.

그래서 싸우지 않는 것이다. 한 명이라도 더 살기 위해, 후대를 기약하기 위해.

하지만 메인 퀘스트 내용이 변경되고 나서는 말이 조금 달라졌다. 흑마법사들은 당연히 바뀐 내용을 모른다. 다만 몸으로 느낄 뿐이다.

"대륙 놈들이 저희를 죽이지 않습니다."

"생포하려는 것 같습니다."

아주 미묘한 차이일 수도 있다. 하나 지금과 같은 상황에선 그 어느 차이보다 크게 느껴진다.

당연하다. 어떻게든 죽이겠다는 생각으로 만나자마자 공격부터 해대던 놈들이, 내가 죽어도 너 하나만은 꼭 죽이고 공헌도를 챙겨가겠다는 일념으로 달려들던 모험가 놈들이 어느 순간부터는 공격은 하지만 그 끝에 항상 자비가 담기기 시작했으니까.

그걸 목숨을 작두 위에 던져 놓고 외나무다리를 건너는 흑마법사들이 느끼지 못할 리가 없다.

"왜 자비를 베푸는 거지?"

"자비가 아니다. 목표가 바뀐 것이다."

그리고 그것은 곧 흑마법사들에겐 기회였다.

"우리를 생포하려고 한다."

아주 중요한 지식을 얻었다. 물론 흑마법사들 간의 커뮤니케이션은 깨진 지 오래라 다른 흑마법사들에게 전달할 방법은 없었지만, 이런 움직임이 일부 흑마법사들에게만 적용되는 게 아니라면 다른 흑마법사들 또한 대륙군을 마주하면서 느낄 것이다.

동시에 같은 생각을 하겠지.

죽이지 않는다.

이 말은 곧 잡히지만 않으면 된다는 말로 직결된다. 전쟁이 끝나자마자 어떠한 말도 듣지 않겠다는 기세로 죽여대던 인간들의 변심.

무슨 이유일까 고민하는 흑마법사는 없었다.

뻔하니까. 정확히는 몰라도 안다. 이런 변심의 이유는 단 하나니까.

무언가 듣고 싶은 게 있다. 원하는 게 있다.

갑과 을이 뒤바뀌는 순간이다.

"저항한다. 그리고 잡힐 것 같으면 자결한다. 그 어떤 정보나 도움도 대륙 놈들에게 해주지 않는다."

"예."

그렇다고 진짜 뒤바뀌지는 않을 것이다.

흑마법사들은 여전히 대륙 사람들에게 있어 박멸시켜야 할 악의 존재일 테고 필요한 게 있다면 고분고분 말로 하진 않을 테다.

끝까지 저항하고 살아남는다. 메인 퀘스트의 변경과 함께 달라진 대륙 사람들의 움직임. 그에 맞춰 흑마법사들 또한 달라졌다.

"어! 흑마법사다! 조져!"

"건방진 모험가 놈들."

유저들 스물이 넘게 뭉친 파티가 다섯 남짓한 흑마법사들을 울창한 숲에서 발견하고 뒤쫓았다.

근처에 추가적인 추격대의 지원 따위는 바라기 힘들 정도로 으슥한 숲이었지만 유저들의 발걸음은 망설임이 없었다.

어차피 도망만 치는 흑마법사들이니까!

부족한 레벨의 공격력은 흑마법사라는, 방어력이 부족하다는 단점으로 커버할 수 있고 약한 체력은 흑마법사들 자체가 반격을 안 하니 상관이 없다.

하나 그들이 흑마법사들에게 도달했을 때 달라진 흑마법사들은 그들을 보고 도망치지 않았다.

아니, 이미 마법을 영창 해놓은 상태였다.

"죽어라, 인간들."

콰콰콰쾅!

"으악! 뭐야! 왜 공격해!"

"갑자기 왜 이래!"

결국에 정보 싸움이었다. 바뀐 메인 퀘스트에 따른 난이도 상승에 대한 체감을 누가 먼저 하느냐.

이마저도 시간이 흐르면 결국 다 적응하게 될 것이다.

중요한 건 이것이었다.

메인 퀘스트의 난이도가 상승했다는 것. 그리고 그에 맞춰 살아 나가는 흑마법사들의 수가 훨씬 증가했다는 것.

⑧

언제나 세상은 하이 리스크 하이 리턴이다.

좀 더 피해 없이 많은 흑마법사를 잡을 수 있는 대륙은 한 명의 영웅을 구할 가능성을 위해 그를 포기하고 흑마법사 생 포를 선택했고, 덕분에 대륙군들은 이전이라면 죽지 않을 상 황에서도 죽을 위험을 감수해야만 했다.

당연히 흑마법사를 생포할 수 있는 수준의 NPC나 모험가 의 수는 극히 제한되었고 그들이 올 때까지 추격대는 버티며 흑마법사들을 붙잡아 두기 위해 많은 피해를 감수해야 했다.

자연스럽게 불만이 늘었고 그는 어쩔 수 없는 현상이었다. 누구나 죽고 싶지 않아 하는 건 당연하니까.

하지만 그런 불만의 목소리들이 올라올라 공주에게까지 닿 았음에도, 또 황제에게도 보고되었음에도 메인 퀘스트의 내 용은 여전히 변하지 않았다.

비록 대륙은 많은 수의 흑마법사들을 놓아주어야 했고 동 시에 입지 않아도 될 피해를 더 입었음에도.

"마계로 통하는 게이트를 열 방법을 불어라."

"크크. 무슨 일인지 몰라도 원하는 대로 해줄 순 없지."

"그게 네놈들의 인생 숙명일 텐데?"

"네놈들이 원하는 게이트의 오픈은 우리의 숙명이 아니다. 대비하고 있는 침공 따위가 두려울 리도 없을 테지."

흑마법사들의 생포. 리스크를 감당한 만큼의 보상을 얻었으니까.

당연히 잡혀온 흑마법사들은 원하는 바를 이뤄주지 않았지만 어찌 됐든 위험을 감수한 만큼 흑마법사 생포까지는 성공했다.

그다음은 온전히 공주의 몫. 흑마법사들로 하여금 게이트를 열게 만들어야 한다.

"크하하! 어째서인지는 몰라도 마계에서 데리고 나와야 할 무언가라도 있나 보지? 하지만 꿈 깨는 게 좋을 거다. 마계로 향하는 게이트가 고작 흑마법사 한두 명으로 열리는 것도 아니고 그 넓은 마계에서 마족의 마법진이 아니라면 원하는 곳에 여는 것 또한 불가능한 일일 테니!"

거기다 이런 핸디캡까지 안고.

갈 길이 첩첩산중이다.

그럼에도 공주는 포기하지 않았다.

"그래요? 그럼 더 잡아 오세요. 백 명, 천 명. 대륙에 있는 모든 흑마법사를 잡아 오세요. 그리고 될 때까지 합니다. 대륙을 지킨 영웅은 지금 마계에 갇혀 마왕에게 목숨을 위협받고 있는데 안 된다고, 가능성이 낮다고 포기할 수는 없죠. 지금부터 흑마법사를 생포하기 위한 전력을 투입합니다."

대륙을 위해 마왕까지 찾아간 용사를 위해 대륙은 포기하지 않는다!

알 만한 유저들은 고개를 갸웃할, 다른 게임인가 싶은 소식이지만 어쨌든 대륙은 여전히 뜨거웠다.

"으악! 나 죽어!"

"죽긴 누가 죽어. 넌 나밖에 못 죽여."

"아니, 그런 얼굴로 소름 돋는 소리 좀 하지 마. 난 전대 강화사가 아니라고!"

"그건 내가 판단해. 그러니까 죽지 마."

그러는 사이 대륙의 영웅은 평화로운 나날을 보내고 있었다.

9

여차여차 강화를 시작했다.

13강.

무려 에픽 레전더리 등급의 200렙제, 게다가 특정 종족만을 위한 히든 무기 강화다.

이 조건만 봐도 벌써부터 머리가 지끈거리고 이걸 내가 할 수 있을까에 대한 의문과 자괴감이 드는데 하필이면 또 쌍검이다.

이왕이면 쌍검이니 세트로 좀 강화가 되었으면 어디가 덧나는가.

따로따로 강화해야 한다.

어떻게 보면 전대 강화사가 두 개의 검을 똑같이 12강까지 맞춘 것만 해도 엄청난 성과라 봐도 무방하다.

거기에 든 노력은 하나를 강화했을 때보다 2배 그 이상이었을 테니까.

물론 착용하는 입장에서 쌍검을 따로따로 강화하는 건 반겨야 할 부분이다.

쌍검이랍시고 세트로 적용된다면 강화할 때야 편하고 강화 비용이야 덜 들겠지만 마찬가지로 공격력 또한 따로 적용이 안 되는 셈이니 지금의 방식보다 반 이상 약해진다는 뜻이니까.

저자본에게는 반길 만한 이야기지만 고자본에겐 그리 좋지 않은 메리트.

특히 쌍검을 다루는 건 그냥 검 한 자루 들고 설치는 것과는 차원이 다르다.

쌍검에 대한 이해도가 필요로 하고 그와 동시에 몸이 검을 들고 제대로 활용할 줄 알 정도로 능수능란하게 다룰 만큼의 노력이 필요하다.

무엇보다 검으로 공격하고 검으로 방어해야 한다. 멀티태스킹도 그만큼 중요하다.

어쨌든 그런 특징을 갖고 있는 쌍검을 강화하는 일이다.

"후아."

깊은 심호흡과 함께 한시민이 입을 연다.

이제부터 시작이다.

그에겐 쌍검이 하나든 둘이든 상관이 없다. 재료만 있으면 된다.

강화에 필요한 제물들과 그에 맞는 의식!

그를 위해 에피아를 부려먹어야 한다.

저 꼬맹이가 내 말을 들을까 싶은 의심은 이미 여기까지 오면서 사라진 지 오래다.

부려먹을 방법은 충분히 생각해 두었다. 문제는 그녀가 할 수 있느냐다.

"이제부터 강화를 시작할 거야. 그런데 협조해 줘야 할 게 있어. 재료를 구해야 하는데 내 레벨로는 구하기는커녕 구하러 가다가 뒈지지나 않으면 다행이야. 그래서 네가 대신 힘 좀 써줘야 하는데 내 명령을 강화 끝날 때까지만 들어줘."

"……."

그럴 수 있겠는가에 대한 문제.

에피아가 아무리 애 같고 전대 강화사와 얽힌 에피소드 때문에 한시민과의 거래를 받아들였다지만 그녀는 마왕이다.

만약 그녀가 생긴 게 이렇지 않고 정말 키는 3m쯤 되면서 온몸이 근육질에 생긴 건 표정으로만 마족 열 명은 씹어먹게 생겼다면 이런 말도 꺼내지 못했을 만큼 위협적인 존재.

경험치 페널티로 100레벨도 꿈인 한시민과, 1년을 넘게 개고생을 해서 겨우 100레벨을 달성한 스페셜리스트쯤은 비웃으며 100년은 더 살다 오라고 코웃음을 쳐도 될 자격이 충분한, 최소 200레벨이 넘는 괴물 중의 괴물.

그런 그녀가 한시민의 부탁을 들어주는 건 순전히 그녀의 마음이다.

어디까지 가능할까. 스토리 퀘스트의 힘은.

침을 삼키며 기다리는 한시민을 에피아가 힐끗 야리며 훑는다.

또 무슨 수작을 부리는 것은 아닐지.

그런 생각과 함께 한시민의 시야가 어두워졌다.

'뭐야.'

또 과거야?

뜬금없이 과거 회상이라니. 어이가 없음과 동시에 불안해졌다.

마왕성에서야 앞에 마왕 한 명뿐이었기에 생명의 위협을 느끼진 않았다.

그녀가 가장 큰 위협이긴 했지만 어쨌든 이런 영상 자체가 나온다는 것만으로 당장의 안전은 보장받는다는 뜻이니까.

하지만 지금과 같은 상황에서는 이야기가 다르다.

현재 한시민은 마계 한복판에 서 있다. 게다가 명당이 안내한 곳이 결코 안전한 곳이라는 보장도 없다.

더 위험한 놈들이 바글바글하는, 12강 쌍검을 13강으로 보내기 위한 재료에 맞는 수준의 놈들이 득실거리면 득실거릴 것이다.

그런 상황에서 영상으로 끌려왔다.

이게 만약 에피아가 과거를 회상할 때마다 스토리 퀘스트로 엮인 한시민에게도 보이는 영상이라면 에피아 또한 움직이지 않을 가능성이 크다.

그런데 마족이라도 나타난다면?

'……괜찮겠구나.'

걱정은 그를 지켜줄 이가 있느냐에 대한 고민을 2초 정도 하고 나서 사라졌다.

그로킬레도 명색이 상급 마족이고 아리아 또한 상급 천족이다.

스페셜리스트는 도움은 안 되겠지만 옆에서 서포트 정도는 해줄 수 있고.

어쩌면 여기서 강화가 아니면 가장 쓸모가 없는 놈은 한시민일 수도 있다.

거기까지 생각이 다다랐을 때 쓸데없는 걱정은 단숨에 날려 버렸다. 그리고 영상에 집중했다.

귀찮게 왜 자꾸 보여주는지는 몰라도 다 돈이 되는 영상들이다. 퀘스트를 완료하기 위해 필요한 영상들이다.

보면 지금껏 얼굴 한 번 보지 못한 채 재수 없는 것들만 잔뜩 물려받게 한 스승 놈의 과거를 알 수 있기도 하다.

시커먼 남자 놈 일대기 알아봐야 좋을 게 하나도 없지만 그 가운데 몰래 숨겨둔 보물이라도 찾을 수 있을지 누가 아는가.

희망은 언제나 사람을 배신하지 않는다.

두 눈을 부릅뜨고 영상을 보았다.

영상은 전쟁이 터지기 이전, 처음 보았던 영상보다 훨씬 이전의 것이었다.

'하긴, 다 뒈진 뒤의 영상이 굳이 나올 필요는 없지.'

전쟁 이전, 둘이 사랑을 속삭이기도 전의 이야기.

막 마계의 게이트를 통해 대륙에 온 에피아의 모습이 눈에 들어온다.

열정이 넘치고 인간을 만나고 싶어 하는 서큐버스의 순수한 모습.

정기를 빨아먹어 강해지겠다는 욕심보다는 정말 태어나서 지금까지 들어왔던 인간에 대한 호기심을 풀겠다는 느낌이 강했다.

그런 에피아가 대륙을 돌아다니다 그를 만났다.

전대 강화사.

한시민이 가끔 강화할 때와 마찬가지로 온몸이 먼지와 흙투성이가 된 채 현재 그가 들고 있는 전설의 망치를 강화하지 않은 채로 들고 다니던 그와의 첫 조우.

에피아의 표정에 신기함이 가득했지만 동시에 행동은 경계를 취할 수밖에 없었다.

인간은 신기하고 유혹에 약하면서 동시에 잔혹하고 영리하다.

섣불리 다가가지 말고 인간에 대해 어느 정도 경험해 보고 정기를 빨아먹어라.

다른 서큐버스들의 조언이 그녀의 몸에 밴 상태였다.

그렇게 긴장하는 에피아에게 전대 강화사는 그녀를 보자마자 환하게 웃어주었다. 20대 중반쯤으로 보이는 그의 웃음은 가식이 없었고 곧장 그녀를 향해 다가와 손을 내밀었다.

"서큐버스?"

"아! 그, 그렇다."

"처음 인간계에 온 서큐버스인가 보네?"

"어떻게 그걸……?"

"어떻게 알긴. 일로 와봐."

"……?"

그리고 순진하게 그의 말을 듣고 귀를 내미는 에피아에게 속삭인다.

"사실 난 흑마법사야. 대륙으로 넘어오는 마족들을 안내하는 역할을 맡고 있어."

"……! 아! 그래서……."

"응, 그러니까 딱 네가 올 타이밍에 맞춰서 올 수 있었던 거지. 함께 넘어온 마족들은 어디 갔어?"

"아, 다들 갈 곳이 있다고 가던데……."

"그렇지? 다 대기 중인 흑마법사들이 있다니까. 자, 우리도 가자."

"어? 응, 그런데 그런 이야기는 못 들었는데?"

"당연히 못 듣지. 이런 건 기본 중의 기본인데. 누가 굳이 말해주겠어? 뭐야, 지금 나 의심하는 거야?"

"아."

뻔뻔하게 내뱉는 전대 강화사의 말들에 에피아는 어찌할 바를 모른 채 안절부절못했다.

에피아는 그런 서큐버스였다. 서큐버스로 태어났지만 단 한 번도 서큐버스로서의 힘을 써보지 못한.

문제가 있어서가 아니다. 만 년에 한 번, 서큐버스들 사이에서 태어나는 기형적인 존재이자 서큐버스들의 희망이 그녀기 때문이다.

마계를 정복할 운명.

서큐버스답지 않게 강한 그녀는 어려서부터 검을 쥐었고 덕분에 전대 강화사의 말에 홀랑 넘어갈 수 있는 순수한 존재였다.

"일단 여기 지장부터 찍자."

"뭔데?"

"그냥 대륙에 있으면서 안내해 주는 흑마법사한테 해를 끼치지 않고 죽이지도 않으며 서로 상호 합의하에 잘 있다 가겠다는 서약서. 별거 아냐. 안 찍어도 상관은 없는데 흑마법사들이 자기 목숨 보존하려고 하나씩 가지고 다니는 거. 찍어주고 싶지 않으면 안 찍어줘도 돼. 넌 날 죽이거나 할 것 같지는 않으니까. 대신 내가 조금 불안하겠지."

"어…… 그런 거면 알겠어."

그렇게 찍었다. 한시민에게는 콧방귀도 안 치던 그녀가.

'미친.'

영상은 거기까지였다.

그 이후의 일들은 굳이 보지 않아도 한시민의 정도면 충분히 이해할 수 있었다.

어째서 전대 강화사가 그와 비슷한 사기꾼이었는지는 몰라도 이런 식의 사기라면 이후엔 뻔하다.

저렇게 뻔뻔한 얼굴로 사기 계약서에 도장을 찍게 해놓고 수줍어한다든지 하는 일은 절대 있을 수 없으니까.

여차여차 아리아처럼 데리고 다니며 부려먹었겠지. 그러다 정분이 났고. 그래서 그 이후부터 계약서라는 것을 철저히 거부하는 것일 테고.

영상이 끝난 뒤 여전히 한시민을 훑고 있는 에피아가 고개를 끄덕였다.

"좋아. 뭐든 시켜봐."

"……"

팔짱을 낀 채 턱을 추켜세우며 귀여움을 마음껏 발산하는 마왕의 입가엔 과거를 회상한 뒤 맺어진 잔잔한 미소가 띠어져 있었다.

어째 갈수록 점점 전대 강화사의 모습이 그에게 씌워지는 것 같은 불안함 따위에 한시민은 흔들리지 않는다.

시키라면 시킨다.

"중급 마족의 날개 열다섯 개랑 뿔 일곱 개. 상급 괴수의 간? 이건 뭐야."

망설임이 없다. 미안해하거나 할 필요 또한 없다. 어차피 한시민은 대가 없이 노동하는 셈이다.

"가자."

"……."

한시민이 말하면 그로킬레는 에피아를 안고 날아오른다. 그렇게 사라졌다가 한 30분쯤 기다리면 원하는 재료들을 들고 나타난다.

신기할 따름.

하나 마왕이라는 조력자를 두고 쉽게 재료를 구해왔음에도 모루 위에 쌍검 중 하나를 올리기까지 한나절이라는 시간이 걸렸다.

그만큼 복잡했다.

200제 아이템의 강화. 아직 시작도 못 한 단계임에도.

벌써부터 이런데 13강에서 14강은 어떨까. 마의 14강에서

15강은?

산더미처럼 모루 위에 쌓인 제물을 보며 그런 걱정들을 씻어냈다.

걱정을 할 때가 아니다.

13강 강화는 이제부터 시작이다. 제물을 모은 건 확률을 높이기 위함이었을 뿐이다.

이제부턴 모으고 모은 확률을 100에 수렴시키기 위한 의식이 필요하다.

"음……."

지금껏 그걸 위해 무슨 짓이든 해온 한시민이 의식을 확인하곤 깊은 한숨을 내쉬었다.

그리고 에피아에게 생색을 냈다.

"진짜 넌 나한테 고마워해야 해. 하아, 무슨 부귀영화를 얻자고 이런 개고생을 하는지."

말과 함께 방어구를 벗어 던지며 물구나무를 서 다리를 벌렸다.

부끄러움 따위는 잊은 채 휘두르는 망치질.

어둠이 가득한 마계에 빛이 번쩍였다.

그것은 변화의 빛이었다. 역사가 변하고 미래가 변하리란 걸 암시하는 기적의 빛. 그리고 한시민의 나체를 환히 비춰주는 빛.

"아, 미친놈."

"어맛? 오빠, 짱!"

"……."

부끄러움은 지켜보던 이들의 몫이었다.

Episode 50.
6차 각성

1

찬란한 빛과 함께 13강에 성공했다.

"후아."

아릴 듯 불어오는 마계의 바람이 방어구를 다 벗자 한시민을 집어삼킬 듯 감싸왔지만 그럼에도 한시민은 진이 다 빠져 대자로 누워 움직일 생각을 않았다.

그만큼 힘들었다.

"미친, 이걸 다섯 번을 더 해야 해?"

자괴감마저 들었다. 사실 직접 재료를 구해오기까지 했어야 했다면 그냥 포기했을지도 모른다. 강화에 필요한 의식이 힘든 건 둘째 치고 부담감이 너무나도 컸다.

89%.

그 생난리를 치고 옷까지 다 벗어가며 남에게 알몸을 보이는 수모까지 참고 거기에 온몸의 마력을 다 바쳤음에도 그런 확률이었다.

실패하기 어려운 확률임은 확실하다.

특히 200제 무기에 13강으로 가는 길에 서 있는 아이템이라는 것을 감안해 보면 거의 성공하지 않을 수가 없는 확률이다.

하나 또 실패할 수도 있는 수준의 확률이다.

11%.

결코 낮은 확률이 아니다. 운이 좋으면 세 번 중 한 번 걸릴 수도 있고 아니면 첫 번째에 당첨될 수도 있다.

강화만 하는 사람들 사이에선 인생을 걸 수 있다면 걸고도 남을 만큼의 숫자.

그렇게 실패하면 단계가 하락한다. 운이 나쁘면 무기가 터진다.

하락만 한다면야 어떻게든 다시 올리면 그만이지만 파괴된다면 그 순간 한시민의 운명이 끝이 난다.

아무리 전대 강화사와 얽힌 스토리가 있다고는 하지만 아직 그녀가 그를 전대 강화사라고 확신하고 있지도 않은데 거기다 대고 쌍검은 너한테 어울리지 않으니 이제부터라도 검

하나만 쓰는 게 어떻겠냐 물을 순 없지 않은가.

해서 긴장됐었고, 다행히 성공했다.

물론 안도할 때는 아니다. 이제 시작이다. 하나를 더 13강 해야 하는 것도 있지만 14강으로 올라갈 땐 이보다 더 힘들 것이다.

무엇보다 문제는 마력이다. 한시민이 안도하지 않았음에도, 이 추위에 깎여 나가는 체력을 보고도 움직일 수 없는 이유.

마력의 고갈.

그냥 고갈이 아니다. 무협에서 말하는 원천지기까지 다 빨린 기분이다. 정신이 몽롱한 것도 모자라 어지럽다.

강화 인생에서 이런 느낌을 얼마 만에 받아보는 건지.

본능적인 생존을 위한 발악이 한시민을 누워서 쉬게 만들었다.

현실에서 불가능한 확률을 뚫기 위해 기행을 보이며 병원에 들락거리던 그때가 회상되는 상황.

강예슬이 그런 그를 위해 담요를 덮어주었다. 그녀의 시선은 시종일관 한시민의 하체에 향해 있었다. 놀란 표정은 숨기지 않았고 오히려 입꼬리도 올라가 있었다.

"오빠."

"닥쳐."

"진짜 나랑 결혼하자. 내가 어떻게든 아빠 회사 물려받아서 오빠 줄게."

"……."

다른 여자가 채가기 전에 낚아채려는 적극적인 대쉬!

한시민이 고개를 저었다.

강예슬이 저러는 게 하루 이틀인가.

"세상에. 돈도 잘 벌고 사기도 잘 치고 남자답기까지……. 솔직히 거기까지는 기대 안 했는데. 사랑해."

"닥쳐, 진짜. 마계에 던져 놓고 가기 전에."

달라붙는 강예슬을 떼어놓다 보니 바닥난 마력이 슬슬 차오르기 시작했다.

자리에서 일어나 주섬주섬 방어구를 챙겨 입으며 에피아를 본다.

모루 위에 올려 있는 13강 검을 들어 올리는 그녀의 시선엔 애틋함이 가득하다.

"……."

한시민이야 게임 속 스토리 퀘스트 따위에 감정을 이입하며 함께 슬퍼해 줄 의향 따위는 조금도 없지만 확실히 베타고의 스토리 구상 능력과 NPC들의 AI에 대해서는 충분히 감탄을 표할 만큼 완벽하고 실감이 났다.

진짜 많이 좋아했구나.

느껴질 만큼 눈빛이 달달하다. 동시에 돌리는 시선에 시선이 마주한다.

이제까지와는 완벽하게 다른 에피아의 시선. 마왕 주제에 이렇게 순수하고 가녀린 느낌으로 누군가를 볼 수도 있구나 느껴질 정도로 짠하다.

모르는 사람이 보았다면, 여기가 마계가 아니었다면 영락없이 사랑에 처음 빠진 소녀라고 착각할 정도.

에피아가 웃었다.

"너, 진짜 15강을 성공하면 내 이름을 걸고 맹세할게."

"……?"

"널 내 반려로 맞아주겠어."

"……응?"

그리고 선심을 썼다.

스토리 퀘스트의 본격적인 시작이었다.

**[에피아의 추억]**

* 등급: Story

* 내용: 에피아가 수백 년을 기다려 온 반려의 환생을 맞이했다. 그녀의 추억을 달래주어 마음속 깊은 곳 묻어두었던 후회를 떠나

보내 주자.

 * 보상: 에피아의 신뢰, 6차 각성

영상으로 보았던 스토리 퀘스트가 드디어 홀로그램으로 나타났다.

이제야 한시민이 레전더리 등급의 직업, 전설의 레전드 강화사의 6차 각성을 위한 스토리 퀘스트를 진행할 자격이 생겼다는 뜻.

수많은 영상을 보았고 큰소리쳤지만 결국 그녀와 전대 강화사와의 약속의 증표인 쌍검을 강화하고 나서야 이렇게 되었다.

결국 입을 백날 털어봐야 증명 한 번 하는 것보다 소용이 없다는 것.

"그것참 고마운 일이네."

그리고 각성 외에 에피아가 제시한 보상을 한시민은 기꺼이 받아들였다.

반려?

이미 그에겐 황녀라는 게임 속 부인이 있지만 그런 인도주의적 자책감 따위로 반려의 자리를 거절하는 멍청한 짓은 하지 않는다.

어차피 반려가 된다고 해서 달라지는 건 없다.

만약 그렇게 된다 해도 에피아는 한시민 자체를 사랑하는 게 아니라 스토리 속 이미 죽고 없어진 전대 강화사를 한시민에 덧씌워 보는 것이고 그런 관계에서 애틋한 사랑이니 뭐니 줄 필요도 없다.

그저 이용하면 된다.

마왕의 반려.

이미 황제의 사위와 황녀의 남편이 된 마당에 뭐 거리낄 게 있겠는가.

대륙에 돌아가고 혹여 마족들이 대륙으로 넘어와 다시 대륙 전쟁이 시작된다고 해도 이득이 되면 되었지 결코 손해 볼 일은 없다.

문제는 한시민이 15강을 할 수 있느냐겠지.

"안 돼! 반려라니! 오빠는 내 거야!"

"오버하지 마, 인마."

강예슬이 강하게 반발했지만 그녀의 어리광은 오래가지 못했다. 마력을 어느 정도 회복한 한시민이 다시 움직였기 때문이다. 또 다른 13강 명당을 향해.

"이왕이면 같은 쌍검 명당인데 사이좋게 옆에 좀 있으면 얼마나 좋아."

다른 명당으로 이동하는 데에도 또 며칠이 걸렸다.

투덜댔지만 진심은 담겨 있지 않았다. 하나의 검을 13강 하면서 느꼈기 때문.

강화를 할 수 있다는 것에 감사해야 하는구나.

마음 같아선 13강 먼저 한 검부터 15강을 찍어놓고 남은 걸 하고 싶었지만 14강으로 향하는 강화에 드는 마력이 부족하리란 확신이 들어 하지 못했다.

해서 쌍검을 13강으로 맞추고 나서는 필연적으로 사냥을 해야 하는 상황이 닥친다. 인상이 절로 찌푸려지고 그 지옥 같은 시간들을 어떻게 견뎌내야 할지 걱정이지만.

"재료 부른다."

걱정은 나중에 하기로 했다. 언제나 그렇듯 세상은 원하는 대로 되는 게 아니니까.

어떨 땐 운이 따르기도 하고 예상치 못했던 일로 인해 목표를 이루기도 한다.

2

최상급 마족 카이니에게 첩보가 들어왔다.

"뭐라? 마왕이 마왕성을 나왔다?"

"네, 카이니 님. 현재 마계에 온 인간들과 상급 천족, 상급 마족 하나와 동행 중이라고 합니다."

"심지어 호위도 없이?"

"무슨 수작인지 알 수는 없지만 기회임은 분명합니다."

"함정일 수도 있지 않나?"

"그럴 수도 있지만 적어도 마왕의 주변엔 호위가 없음은 확신할 수 있습니다. 근접 경호의 경우만 대비한다면 충분히 승산이 있다고 봅니다."

"호오, 그래? 이왕이면 근접까지 알아보고 싶은데."

"마왕의 눈치가 너무 빨라 그 이상 접근하면 들키게 될지도 모릅니다."

"흐음, 하긴 그렇지. 눈치 하나는 빠른 서큐버스 년들이니까."

마왕성과 비교하기엔 초라하지만 그래도 마계 내에선 충분히 큰 성 내부, 높디높은 의자에 앉아 있던 카이니가 무기를 뽑아 들었다.

"동원할 수 있는 마족은 모두 동원해. 우리와 손을 잡겠다고 약속한 최상급 마족들에게 알리고, 중립을 선언한 최상급 마족들에게도 경고해. 혹여 마왕의 편에 서거나 우리의 길을 막아선다면 다음 세대 때 죽음을 각오해야 할 것이라고."

"예, 카이니 님."

그와 함께 걸려 있는 칠흑의 갑옷 세트를 걸쳤다.

마왕의 포스는 아니지만 그래도 마계에서 스무 손가락 안에 꼽히는 최상급 마족의 위엄을 마음껏 뽐내기에는 부족하지 않은 방어구!

망설임 없이 정보를 접하자마자 나서는 카이니의 발걸음에는 자신감이 넘쳤고 입가엔 미소가 가득했다.

그럴 수밖에 없다.

"훗, 마왕성 안에 처박혀 수백 년을 보내던 년이 무슨 바람이 불어 나왔는지 몰라도 지금 마계는 수백 년 전과는 다르다는 걸 보여줄 때가 왔군."

질풍노도의 시기가 아닌가.

대륙을 침공하는 것에 대한 부분은 살짝 꺾이긴 했지만 마족들은 그것이 실패했다고 세상이 멸망한다고 믿지 않는다.

침공이야 언제든 할 수 있다. 하나 마왕의 자리엔 언제든 오를 수 없다. 실력이 갖춰져야 하고 운이 받쳐 줘야 한다.

카이니는 그가 충분한 실력은 이미 갖추었다고 자부한다. 그건 마계에 있는 모든 최상급 마족이 갖고 있는 공통적인 생각이다.

그런 상황에서 그런 생각을 가진 이들끼리 힘까지 합쳤다. 거기에 마왕이 호위도 없이 제 발로 마왕성을 나와 먼 곳까지 가는 행운까지 따라준다.

어찌 망설이겠는가. 수백 년을 기다렸는데 누가 망설이겠는가.

드넓은 마계에도 전장의 기운이 불어오기 시작했다.

비공개로 진행되고 있지만 알 만한 사람들은 아는 다이노의 레전더리 등급 직업의 스토리 퀘스트 진행은 꾸준히 진척을 보이고 있었다.

그럴 수밖에 없는 게 마계에서 마왕을 만나야 하는 한시민과 달리 다이노의 경우엔 대륙에 존재하는 스토리 퀘스트의 잔재를 찾기만 하면 된다.

물론 그 역시 상당히 어려운 일이지만 켄지의 전폭적인 지원과 더불어 겹쳐진 운에 그도 스토리 퀘스트를 꽤 진행할 수 있었다.

굳이 비교하자면 한시민이 본 두 개의 영상보다는 많이 진행됐다.

그 역시 전대 대마도사의 시선으로 스토리를 몇 개 보았고 또 거기에서 겹치는 에피아와 전대 강화사의 이야기 또한 보았다.

문제는 거기서부터 시작이었다.

으슥한 동굴의 끝.

빛조차 새어 나오지 않는 칠흑 같은 어둠 속에서 고고히 빛나는 붉은 보석을 집어 든 다이노에게 보이는 영상.

"사랑해."

사랑을 속삭이는 강화사와 에피아를 먼발치에서 보는 대마
도사. 격렬히 요동치는 심장을 진정시키며 친구를 위해, 동료
를 위해 발걸음을 돌리는 대마도사.

그런 그가 붉은 루비를 제련하며 중얼거렸다.

"다음 생에는……."

동시에 영상은 끝이 났다. 그리고 루비는 다이노에게 흡수
되었다. 그와 함께 전대 대마도사의 전언에 그의 귓가에 흘러
들어왔다.

─절대 강화사의 후예에게 무언가를 빼앗겨선 안 된다. 그
빌어먹을 놈. 비록 이번엔 내가 포기하지만……. 서큐버스 에
피아를 만나거든 나의 후계라 밝히고 그녀에게 꼭 내 마음을
전달해 주어라.

그렇게 다이노에게 스토리 퀘스트의 종점을 향해 달려가는
길목이 제시되었다.

─보상은…… 마법서를 준 것으로 대체하겠다.

아무런 보상이 없는 일방적인 길목이.

## 3

수백 년 전 마족들이 인간계를 침공할 때 대륙이 거의 무너진 상황에서 마왕을 물리치고 자신들을 희생해 마족들을 대륙에서 몰아낸 다섯의 영웅.

이름조차 알려지지 않은 기인들.

버퍼, 강화사, 대마도사, 교황, 테이머.

일반적으로 대륙에 가장 많이 분포하고 있는 기사 계열은 포함되지 않은, 대마도사와 교황을 제외하면 잘 찾아보기 힘든 직업의 조합.

그들이 다섯 전설의 영웅이 된 건 그만큼 큰 활약을 손에 꼽히게 한 것도 있지만 그들 다섯이서 뭉쳐 다니며 수많은 마족을 처치했다는 이유가 가장 컸다.

이를테면 파티다.

현재 유저들이 뭉쳐서 사냥을 다니며 이름을 날리는 것처럼.

모험가들이 없던 시절 이들은 대륙을 돌아다니며 모험하는 하나의 파티였다.

남자 넷에 여자 하나.

필연적으로 정분이 날 수밖에 없는 조합임에도 끝까지 사랑싸움과 같은 일은 벌어지지 않고 대륙을 지킬 수 있었던 이유는 역시 그보다 진한 우정!

보다는 그 여자 하나가 교황이었기 때문.

순결은 신을 위한 것.

철저히 신을 향한 신앙만을 보이는 교황에게 부정을 요구하는 전설은 없었다.

그런 사랑놀이보다 대륙을 모험하고 여행하는 것에 더 의의를 두는 이들이었다.

게다가 마족들이 대륙을 침공하기 전엔 파티도 이름뿐이고 가끔 만나는 정도로만 유지될 뿐 각자 개개인의 모험을 즐겼다.

그럴 수밖에 없는 게 각자 가진 직업이 따로 움직일 수밖에 없는 상황을 만들었다.

강화사는 강화를 위해 떠돌아야 하고 테이머는 누구도 테이밍하지 못한 몬스터를 테이밍하기 위해 오지로 향해야 한다.

버퍼는 사람들에게 버프를 걸어주며 공략하기 힘든 지역의 몬스터들을 잡도록 도와주며 대마도사는 높은 서클을 위해 마탑에 짱 박혀 연구를 한다.

교황이자 성녀였던 사제는 말할 것도 없고.

그런 전설들에게 개개인의 스토리가 없을 리가 없다.

일일이 파고들어 분석하고 보면 유저들 입장에선 굳이 게임을 하지 않고 전설의 일대기만 따라가도 몇 달은 족히 재미를 볼 만큼의 탄탄하고 풍성한 스토리.

하루하루가 모험이고 외나무다리고 죽음의 연장선이다.

이보다 재미있는 모험이 어디 있겠는가.

특히 레벨 올리는데 지겹고 지친 유저들에게 이미 어느 정도 성장한, 대륙에서 이름을 날리기 시작한 전설들의 이야기는 다 키운 캐릭터로 컨텐츠를 즐기는 기분일 것이다.

하나 아쉽게도 공개된 스토리라곤 한시민의 강화사뿐이다.

다이노는 비공개로 스토리 퀘스트를 진행 중이고 교황과 성녀를 겸하던 전설의 후예는 유저도 아닌 드래곤이 가져가 버렸다. 유저들은 모르지만.

그리고 테이머 역시 한시민이 가져갔지만 아직 스토리 퀘스트는 진행하지 못하고 있으며 마지막 남은 버퍼 직업 역시 아직까지 커뮤니티나 게임 내에서 드러난 적이 없어 행방을 알 수가 없다.

그런 상황에서 다섯 전설의 뒤를 쫓는 수많은 사람의 요청이 쇄도하는 건 당연한 이야기.

하나 그럼에도 다이노는 공개하지 않았다. 공개할 이유가 없는 것도 맞지만 굳이 공개하는 게 좋을 것도 없기 때문.

그건 붉은 루비를 흡수하고 주어진 능력과 함께 귓가에 들려온 전대 대마도사의 음성으로 충분히 증명되었다.

─강화사 놈은 언제나 잘난 척이었지. 주제에 15강 하지도 못하면서 매번 허세만 가득하고. 돈을 위해서라면 돌멩이도 강화해서 팔아먹을 놈. 그런 놈에게 낚인 서큐버스, 그녀를 동정하고 도와주다 보니 어느새 사랑에 빠졌다는 걸 알게 되었지. 하지만 마음을 정리하고 보니 이미 둘은 사랑에 빠져 있더군. 그놈, 강화사 놈은 결국 내 사랑마저 빼앗아 갔다. 하지만 9서클에 다다른 대마도사로서 그런 사사로운 감정에 친우를 멀리하고 배척할 수는 없는 법. 후대여, 그대에게 부탁하마. 나의 무영창 펜타 캐스팅으로 절대 강화사 놈의 후예에게 밀리지 말도록.

공개된 역사서에서 대마도사는 마지막 마족과의 전쟁에서 사실상 교황과 더불어 가장 큰 활약을 한 전설로 기록되어 있다.

그의 무기와 방어구들을 강화해 준 강화사, 뒤에서 축복과 성역을 펼치며 마족들로부터 영창 하기 위한 시간을 벌어준 교황, 마력과 공격력을 높여준 버퍼, 몬스터들로 시간을 끌어준 테이머의 도움도 분명 빛을 발했지만 어찌 됐든 강력한 마법으로 가장 많은 마족을 살상한 건 대마도사였으니까.

게다가 그는 인간으로서 벽을 넘은 9서클 대마도사다.

어쩌면, 전쟁으로 죽지만 않았다면 10서클을 넘봤을지도 모르는 그런 인재.

그런 인재가 이런 말이나 지껄이고 죽었다는 걸 공개해 봤자 그의 직업을 물려받은 다이노의 입지가 어떻게 되겠는가.

굳이 그런 게 아니더라도 다른 사람들에게 직업에 관한 어떠한 정보도 최대한 알릴 생각이 없었지만 이 말과 함께 마음이 굳혀졌다. 어째 강화사에게 뺏긴다는 게 스킬북을 빼앗긴 것과 비슷한 느낌이 들어 특히 더 그랬다.

원래는 그의 것이 돼야 했을 대마도사의 유품.

그 나름대로는 정중하게 부탁하였지만 쌩 까고 경매에 붙여 무려 62억이라는 금액을 받아 처먹고 자기 길드원에게 판 파렴치한.

언젠가는 복수하리라 다짐하고 있었다.

그랬는데 잘됐다. 이런 식으로 스토리 퀘스트가 떠주다니.

"이거면……."

게다가 이전 스킬북을 빼앗겨 본래의 재능으로 성장했던 때와 달리 스토리 퀘스트를 진행하며 그는 힘을 얻었다.

붉은 루비가 주는 불 속성의 화력. 그리고 퀘스트를 진행하며 얻을 수 있는 남은 오행의 힘들.

이거면 충분하다. 더 강해지고 강해져 전대 대마도사의 염원도 이뤄주고 개인적인 복수 또한 행하리라.

"에피아라. 일단 대륙에 마족들이 침공해야겠네요. 후후."

그렇게 핑크빛 꿈을 꾸었다.

◈

카이니를 비롯해 최상급 마족 열둘이 뭉쳤다.

마계에 50을 넘지 않는 최상급 마족 중 이만큼이 한자리에 모이는 것은 쉽지 않은 일.

당연히 그를 따르는 마족들의 수는 수백, 수천을 넘겼다.

역시 쉽게 보기 힘든 상급 마족들부터 시작해 중급 마족, 하급 마족들까지. 그 뒤를 따르는 마족들의 애완 괴수들의 수는 굳이 헤아리지 않아도 될 만큼 많았다.

이렇게 많은 숫자임에도 카이니는 신중했다.

"상대가 비록 서큐버스 년이라 해도 마왕이다. 한 번에 덮친다."

"우선 밑에 것들부터 던지면서 마왕을 지치게 하자고."

"그러지."

다른 최상급 마족들 역시 마찬가지다.

마왕이란 단어가 주는 압박감과 위엄을 그들은 모르지 않는다.

비록 마왕을 쳐 내고 새로운 마왕이 되기 위해 도전하지만, 그리고 그 과정에 있는 마왕이 서큐버스라는 이유로 높은 가능성을 점쳤지만 그럼에도 아예 무시하는 수준은 아니었다. 그저 열등감에 깎아내리는 것뿐이다.

실제로 무시했다면 이렇게 마족들을 모아오지는 않았을 것이다.

"모두 들어라! 우리가 이번에 대륙 침공에 실패한 가장 큰 이유는 마왕의 힘의 부족이다! 뒤에서 수작이나 부리며 빈틈이나 찾는 서큐버스의 방식으로는 절대 대륙을 침공하고 정복할 수 없다! 또다시 기회를 만들기 전 마계는 재정비가 필요하다. 싸우고 쟁취할 것이다! 알겠나!"

"와아아아아!"

마계라고 인간계와 다를 게 없었다. 사기를 진작시키고 달려간다.

저 멀리, 아직 그들의 우렁찬 함성조차 들리지 않을 만큼 먼 곳에 있지만 벌써부터 긴장되고 떨린다.

다른 점이라면 이것뿐이다.

적을 섬멸하겠다는 의지로 달려가지만, 그 끝에 있는 건 거대한 벽이라는 것.

그걸 뚫을 수 있느냐의 문제라는 것.

그럼에도 달렸다.

마족들의 가장 큰 장점이지 않은가.

싸우기 위해 태어난 종족. 싸우다 죽으면 후회하지 않는 종족.

특히 그 끝, 마왕으로 향하는 전투에 불만을 가지는 마족은 없다.

"비겁한 방법으로 전대 마왕을 암살하고 그 자리에 올라 지금껏 모습도 보이지 않은 채 꽁꽁 숨어 있던 마왕을 몰아내자!"

"와아아!"

에피아는 수백 년 동안 마왕성에만 박혀 있지 않았다. 그저 나와서 마왕 행세를 하지 않고 돌아다니며 마계를 즐겼을 뿐이다. 그러다 이번에 어쩌다 걸린 것이고.

어쨌든 그런 겁쟁이가 되어버린 마왕은 마족들에게 하나의 마약이었다. 곧 다가올 그들의 죽음을 잊게 해줄 달콤한 마약.

"……마왕님."

"알아."

멀리서부터 들려오는 함성, 울리는 땅, 그리고 느껴지는 거대한 흑마력들.

피하지 않고 흘러오는 기운들에 그로킬레의 표정이 굳었다. 에피아 또한 미간을 찌푸렸다.

이런 상황은 결코 이상하지 않다. 또한 낯설지 않다.

전대 마왕 역시 수도 없이 겪었던 상황이고 그녀 또한 몰래 마왕성을 나와 마계를 돌아다니다 많이 겪었던 상황이니까.

물론 이렇게 많은 수가 계획적으로 덮쳐 온 적은 없다.

"어찌할까요."

"기다려."

마왕이 될 수 있는 건 오로지 마왕을 꺾은 단 한 명의 마족뿐이고 이렇게 손을 잡아봤자 결국엔 서로 적이 되어 다시 싸울 수밖에 없다는 걸 잘 알고 있을 테니까.

그럼에도 손을 잡고 온다.

그것은 곧 어떻게든 현 마왕만큼은 떨어뜨리겠다는 의지가 담겼다고 볼 수밖에 없다.

그러니 가장 좋은 방법은 도망치는 것이다. 훗날을 기약하면 된다. 마왕이라고 꼭 마주하는 싸움을 받아들여야 한다는 법은 없다.

어떻게든 살고 상대를 죽이면 된다. 그것이 강자존이다.

강자존에 적용되는 법칙, 예절, 의무?

그런 게 어디 있겠는가. 죽은 자는 말이 없는데.

하나 에피아는 도망치지 않았다. 그녀의 자존심이 강해서가 아니다.

"도망칠 수도 없어."

마족들은 바보가 아니다. 저 멀리서부터 존재감을 줄기줄기 내뿜는 압도적인 숫자임을 알려주면 적이 당연히 도망칠 것이라는 생각쯤은 할 줄 안다. 그런데도 보여준 것은 자신이 있기 때문이다.

사방에서 포위하며 다가온다. 도망치지 못하도록 흑마력으로 흑마력의 움직임까지 봉쇄한다.

에피아 혼자야 그런 흑마력을 뚫고 순간이동 정도는 할 수 있다. 하나 함께 나온 이들이 죽는다.

알 바는 아니지만 에피아에게 있어 한시민은 그런 무관심한 대상은 아니다.

해서 기다렸다. 침착하게. 마족들의 얼굴이 육안으로 확인될 정도로 다가왔음에도.

탕! 탕! 탕!

망치가 두드려지길, 빛이 터지길.

"인사는 필요 없다! 쳐라!"

에피아의 바람과 함께 현실적인 카이니의 공격 명령이 떨어졌다.

빠르게 좁혀지는 거리!

수만의 병력과 마주하는 개인의 심정은 떨림을 지나쳐 심장이 멎어버릴 것 같다.

하나 에피아는 침착했다. 침착하게 기다렸다.

팟—!

그리고 기다림의 결실이 맺어졌다.

"흐어. 시X. 뭐야. 이 개 같은 상황은."

동시에 한시민이 13강 된 쌍검을 그녀에게 던졌다.

여전히 하늘하늘한 드레스를 입고 있는 에피아의 손에 전대 강화사에 의해 봉인되었던 이펙트가 비로소 풀려 짙은 황금빛을 줄기줄기 내뿜는 쌍검이 들어왔다.

아니, 황금빛이 아니다. 황금빛 속 섞여 들어간 칠흑의 어둠은 그 범위를 점차 확장시켰다.

"재미있어."

그 와중에도 매혹적인 미소를 짓는 에피아의 몸이 사라졌다.

아니, 세상이, 마계가 어둠 속에 뒤덮여 사라졌다.

4

0강과 1강의 차이는 미미하다.

기껏해야 옵션 상승 폭이 5%. 한시민 같은 강화의 장인이 와서 성공해 추가적인 옵션 증폭이 된다고 해도 7% 내외니까.

당연히 성공 확률도 높고 부담해야 할 비용도 크지 않다.

일반 서민들에겐 한 번 강화에 무조건 15만 원, 점점 오르고 있는 골드 시세를 감안했을 때 강화사에게 지불해야 할 비용까지 30만 원 남짓한 금액으로 이런 미미한 효과를 본다는 것은 어불성설이지만.

어쨌든 판타스틱 월드를 조금 즐긴다 싶고 레벨도 어느 정도 올려 이제는 평생을 함께할, 적어도 1년 이상 다음 평생 무기를 구할 때까지의 무기를 구한 유저들이라면 그런 부담을 안고도 미미한 폭의 상승을 위해 아낌없이 투자한다.

강화에.

그건 게임 초기부터 형성된 일종의 유행이자 패턴이자 꼭 거쳐야 할 코스가 되었다.

오로지 한시민에 의해.

그가 보였던 강화로 인한 변수들과 지금껏 이어온 꽃길들을 본 사람이라면 누구도 이 코스와 강화의 효율에 대해 부정할 수 없다.

물론 그가 아니었더라도 언젠가는 강화의 힘에 대해 알려졌을 것이다.

저 레벨 아이템, 등급이 낮은 아이템이야 0강에서 1강을 갔을 때의 5%가 기껏해야 눈에 보이는 수치만도 못한 경우가 수두룩하지만 당장 50레벨만 넘어가 유니크 이상의 등급 무기를 보았을 땐 단 1%의 옵션 상승 폭도 감히 무시할 수 없기 때문이다.

1강이 그러한데 2강은?

3강은? 4강은?

5%, 10%, 15%, 20%.

강화마다 5%씩 늘어나는 옵션 상승폭은 쌓이고 쌓이면 결코 무시할 수 없는 수준이 된다.

50레벨 유니크 아이템이 70레벨 레어 등급 아이템과 동급인 상황에서 강화가 더해지면 유니크 등급 아이템과 비슷해지고 거기서 강화의 효과가 더 얹어지면 그 공격력을 뛰어넘게 된다.

하물며 공격력의 절대량이 인생을 좌지우지하는 정도까지는 아닌 판타스틱 월드에선 더더욱 그렇다.

정말 어지간한 레벨 차이, 이를테면 50레벨 이상 차이 나는 무기가 아니라면 특수 옵션과 옵션을 보고 강화를 얹어라.

이런 말이 나올 정도가 아닌가.

당연히 높은 등급의 무기가 나오면 기존의 무기는 가차 없이 버려야겠지만 여하튼 공격력은 부수적인 것이고 개개인의 컨트롤과 갖고 있는 옵션의 차이로 승패가 판가름 나는 게임이기에 어쩔 수 없는 현상이다.

그런 상황에서 강화 차수가 10강을 넘어가면 아이템의 등급조차 무시하게 된다.

한시민이야 온몸에 15강을 워낙 저 레벨부터 둘둘 두르고 있었다 해도 강화사와 테이머라는 주체할 수 없는 공격력을 활용하기 힘든 직업이기에 그냥 대충 망치를 휘둘러도 '아, 세 구나' 싶지, 그렇지 않은 전투 직업의 경우엔 10강을 넘어가 % 효율이 20%, 80% 이렇게 뛰기 시작하는 구간에선 미쳐 날 뛴다.

어째서 대기업 회장들이 사적인 재산을 써가면서까지 한시 민에게 강화권을 따내려고 했겠는가.

어째서 자신이 호구인 걸 알면서도 켄지가 그토록 많은 돈 을 쏟아부었겠는가.

시간이 흐르면서 기껏해야 유니크 등급의 아이템을 구하는 게 최고였던 유저들 사이에 슬슬 스페셜, 레전더리 아이템들 이 한두 개지만 모습을 보이기 시작했고 그 레벨대가 높아짐 에 따라 전투에서 변수를 만들어낼 수 있는 특수 옵션들마저 붙기 시작한 이때.

강화의 중요성은 말로 표현할 수 없을 정도로 높아지고 있다.

유저들도 이러하다.

한데 무려 마왕이다.

다른 최상급 마족들은 현 마왕에 대해 아직 확실하게 겪어 본 이들이 없지만 어쨌든 마왕이다.

전대 마왕에게 접근하는 데 성공했고 그를 죽인 최초의 서큐버스!

레벨도 무려 200이 넘으며 서큐버스 종족에게 전설로만 내려져 오는 돌연변이!

그런 그녀에게 에픽 레전더리 등급의 무기가 쥐어졌다. 13강이 되어서.

한시민이었다면 시큰둥했을 것이다.

"에이, 13강으로 뭐가 달라지겠어. 기껏해야 공격력 200% 정도 오른 게 전부인데."

그에게 무기란 한 번 휘둘러서 적을 한 방에 죽일 수 있느냐 마느냐의 차이만이 존재할 뿐이다.

그건 어쩔 수 없는 직업의 운명이다. 공격력 계수를 전혀 보정 받지 못하는 강화사의 슬픔이랄까.

하지만 에피아는 다르다.

"고마워."

"고맙긴. 아직 갈 길이 먼데. 그걸로 다 죽일 수나 있겠어? 마음의 준비나 하고 있어야지."

그녀는 전투 계열의 마왕이다. 동시에 환몽 계열의 마족이다.

팟–

그녀의 몸이 사라짐과 동시에 수만의 마족이 있는 장소에 어둠이 덮였다.

한시민에게 있어 고작인 공격력 상승이 에피아에겐 2배, 아니, 2제곱 이상의 효율로 다가온다.

"악몽을 꾸어라."

어둠 속에서 그녀의 나지막한 목소리가 깔렸다.

소녀의, 마왕이지만 마왕이 맞나 싶을 정도로 발랄하던, 그리고 영상에서 보았던 순수했던 이미지 그 어느 것도 찾아볼 수 없는 마왕 본연의 위엄.

그것은 곧 명령이었다.

유일하게 어둠, 꿈의 안개의 영향을 받지 않는 스페셜리스트 일행. 그리고 그 일행에 포함되어 있는 그로킬레는 온몸을 떨었다. 그답지 않은 반응.

"야, 왜 그래?"

"……저것이 진짜 마왕이다. 내가 보았던, 마왕의 본모습."

온몸을 덜덜 떨고 고개를 숙인 채 감히 어둠을 마주하지 못한다.

동시에 한시민의 머릿속에 이전 그로킬레가 했던 말이 떠올랐다.

역대 최강의, 최악이고 잔인하면서 자비가 없는 마왕!

당시에는 별 신경을 쓰지 않았다. 어차피 만날 일도 없다고 생각했으며 강해봐야 얼마나 강하겠냐는 생각이 머리를 지배하고 있었으니까.

그리고 그건 지금도 마찬가지였다.

강하면 얼마나 강하겠어, 제까짓 게.

그래도 수만의 마족이다. 어중이떠중이들이 모인 것도 아니고 마왕 바로 아래의 최상급 마족 수십과 그로킬레처럼 강한 상급 마족 수백, 에피아의 눈과 귀를 막고 신경을 끌어줄 마족들만 수만이다.

어찌 혼자 다 죽인단 말인가.

그런 마족들을 무력화시키기 위한 어둠은 분명 멋있고 화려하고 지금과 같은 수적 불리함에 있어 훌륭한 선택인 것은 맞지만 오래 가지 않을 것이다.

냉정하게 판단해서 그러리라 생각되었다.

어디까지나 판타스틱 월드가 현실적이라는 걸 기반에 둔 한시민의 판단이다.

어지간히 대충 만든 게임이 아니고서야 마왕의 능력치를 이토록 높게 잡을 리가 없지 않은가.

마찬가지로 에피아 또한 전대 마왕을 죽이고 마왕에 올랐다고 했다. 그렇다는 말은 마왕의 무력이 최상급 마족 둘 이상은 힘들다고 봐야 한다.

기습이었고 함정을 팠다고 쳐도 열이 넘는 숫자다. 해서 그렇게 생각했었다.

한데 아니었다. 한시민의 판단은 틀렸다.

시간이 지나도 어둠은 걷히지 않았다.

수천의 최하급 마족들과 괴수들은 감히 저항조차 하지 못한 채 어둠의 꿈에 갇혀 비명을 지르다 흑마력이 모두 빨려 쓰러졌다.

하급 마족들부터는 꿈에서 깨어 나오기 위해 온갖 발악을 하며 전투 불능 상태가 되었고 그나마 전투가 가능한 상급 마족들부터는 채 정신을 차리기도 전에 13강이 된 쌍검에 목을 내주어야 했다.

"끄아악!"

"사, 살려줘!"

마족들의 죽음도 인간들과 다를 게 없었다. 죽음을 감지했을 때 목숨을 구걸하고 살기를 원한다. 하나 새하얀 드레스에 젖어버린 붉은 피를 신경도 쓰지 않는 에피아의 손길엔 자비가 없다.

"……소멸의 마검이 더 강해졌다."

"엥? 웬 소멸의 마검?"

그리고 그 원천적인 마족들의 두려움의 이유를 그로킬레가 설명했다.

"저 쌍검엔 마족을 소멸시키는 힘이 들어 있다. 해서 마족들은 저 검에 죽게 되면 소멸당할 수도 있다. 그래서 두려워하는 것이다. 나도, 지금 저 마검을 앞에 둔 마족들도."

한시민이 확인했던 검 한쪽엔 그런 옵션이 없었다. 그렇다는 건 반대쪽 검에 있었다는 이야기. 강화하는 데 바빠 확인하지 못했던 한시민이 고개를 끄덕였다.

그래? 더 탐이 나는데?

마족에게 완전한 상극의 옵션이 아닌가. 그런 옵션이 붙어 있는 서큐버스의 검이라니.

아마 전대 강화사에 의해 붙은 옵션이겠지?

고개를 끄덕이며 순간순간 번쩍이는 빛들 사이로 보이는 에피아의 활약을 감상했다.

판단이 틀렸다는 것을 인정한 순간 하나의 화려한 영화를 보는 기분은 짜릿했다.

큰소리를 치며 나타났던 최상급 마족들은 과연 그들이 어떻게 최상급 마족의 자리에 올랐는지를 보여주며 뭉쳐 마왕에게 대항하기 시작했을 때부터는 정말 아공간에 있던 팝콘을 뜯었다.

요구하지도 않았는데 알아서 컨텐츠를 만들어준다. 진짜 돌아가는 방법만 존재하는 땅이었다면 얼마든지 이곳에서 본을 뽑을 생각마저 마구 든다.

특히 지난번 스토리 퀘스트 첫 번째 영상의 수익만으로 100억이 넘는 숫자가 통장에 찍힌 이후 더더욱 그렇다.

각도를 맞추고 감상한다.

어떻게 저 괴물들 사이를 뚫고 살아 도망치나 막막했던 감정은 이제 사라졌다. 세상을 뒤덮은 에피아의 어둠이 오히려 포근하게 느껴진다.

"죽어!"

마왕과 열둘의 최상급 마족의 본격적인 전투.

그와 함께 뒤덮었던 암흑은 사라졌다. 개미 떼를 연상케 하던 군대는 하루아침의 꿈처럼 증발해 사체만이 가득한 땅이 되었고 남아 있는 수천의 마족만이 마왕을 앞에 둔 채 달려들고 있었다.

물론 여전히 마왕이 이길 가능성은 없어 보인다.

수천 대 1이다.

본격적인 전력은 아직 소모되지도 않은 상황.

어둠 속에서 흑마력을 빨렸지만 또 마왕 역시 그런 스킬을 쓰기 위해 많은 흑마력을 소모했을 터.

하나 아까와는 기분이 완전히 달랐다.

"왜 에피아가 이길 것 같냐."

그리고 그건 그냥 느낌적인 느낌만이 아닐 것 같았다.

피로 흠뻑 젖은 에피아의 모습은 섬뜩하면서도 요염했다.

마왕의 본질을 가장 잘 보여주는 장면이 아닌가!

흘러내리는 피는 쌍검을 타고 뚝뚝 바닥에 떨어지며 새하얗던 드레스의 타락은 보는 이로 하여금 침을 삼키게 한다.

게다가 그녀의 외형적 모습은 특히나 더더욱 그러하다. 그런 그녀가 입꼬리를 말아 올린 채 웃고 있기까지 하다.

"이제부터 시작이다!"

"그러든지."

조잘거리는 최상급 마족 한 놈의 말에 시크하게 답하며 여유 있는 걸음을 내디딘다.

맞는 말이다. 전쟁은 이제부터 시작이다.

수만의 마족을 수천으로 줄여 버린 그녀의 어둠의 꿈은 강력한 대신 한 번에 가지고 있는 흑마력을 거의 다 소모해야 하는, 거기다 매번 쓸 수도 없는 필살기나 다름없는 광역기며 지금 보이다시피 상급 이상의 마족들에게는 통하지도 않는 서큐버스 고유의 본질적인 약점이 분명한 스킬이다.

그녀는 흑마력을 희생해 수만의 마족들을 줄이고 한시민 쪽으로 혹여 불똥이라도 튀지 않도록 했고 본격적인 전투에 페널티를 안아야 했지만 후회하지 않았다.

지워지지 않는 미소와 여유 있는 발걸음이 그걸 증명했다.

이유는 따로 없었다.

"너희는 때를 잘못 선택했어."

"......?"

그녀는 강했고.

팟—

"날 죽이고 싶었으면 마왕성을 나온 직후였었어야지."

세상을 뒤덮을 흑마력 따위 없어도 될 만큼 또 한 번 강해졌다.

13강이 된 쌍검이 가볍게 최상급 마족 셋의 목을 베었다.

5

유저들에게 있어 마왕과 최상급 마족, 그리고 상급 마족들로 이루어진 집단 전투는 쉽게 보기 힘든 미래의 싸움이다.

언제 저 레벨까지 도달할 수 있을까.

당장 메인 퀘스트가 흑마법사를 죽이는 것에서 생포하는 것으로 바뀐 것만으로도 난이도가 너무 올랐니 마니, 퀘스트를 참여하는 게 이득이니 아니니 계산하기 바쁜 유저들에겐 쉽게 상상하기도 힘든 먼 미래.

스텟의 차이도 차이다.

애당초 아는 만큼 보인다고 저만큼 빨라 본 적이 없으니 저렇게 빠른 움직임들에 와 하고 감탄이 나올 수밖에 없다.

그런데 거기에 전투 민족의 기술까지 더해졌다.

"미쳤다."

"오빠, 저게 보여? 난 뭐 번쩍해서 그쪽 보면 벌써 사라지고 없고 번쩍하면 저 근육질 오빠들 목이 잘려 있고 해서 잘 모르겠는데."

"나도 잘은 안 보이니까 말 시키지 마."

"……."

따라가는 것도 힘들어 영상에 담는 것조차 제대로 될지 의문이다.

그나마 이 싸움을 이해하고 있는 건 유저 중에선 정설아뿐이랄까.

그녀조차도 할 말을 잃고 지켜보았다.

"지금까지 본 AI 중에 가장 간결하고 똑똑해요."

"같은 조건에서 싸우면 누가 이길 것 같은데?"

"……잘 모르겠어. 만약 내가 저 정도 스펙이 된다면……."

가정하는 것조차도 쉽게 이길 수 있으리라 자신할 수 없다.

정설아가 그런 말을 할 정도다.

그만큼 빠른 걸 떠나 에피아가 보이는 전투에서의 센스는 상상을 초월했다.

오죽하면 두세 번의 경합에 한 마리의 최상급 마족의 목은 꼭 떨어지겠는가.

절대 최상급 마족이 약하기 때문이 아니다.

에피아가 말한 13강 무기의 힘도 아니다. 분명 쌍검이 13강된 차이가 있음에도 그건 어디까지나 공격력이 오른 것일 뿐이다.

최상급 마족이 고작 마왕의 검의 공격력이 조금 올랐다고 목을 순순히 내준다?

그럴 것이었으면 한시민도 최상급 마족을 잡을 수 있어야 한다.

적어도 무기의 공격력만큼은 13강이 된 지금은 모르겠지만 뚫리지 않았으니까.

결국 전투 능력의 차이란 뜻이다.

마왕과 최상급 마족의 전투력 차이가 얼마 나지 않음에도 마왕 에피아가 수천의 마족 사이에서 최소한의 흑마력만으로 최상급 마족들의 목을 베어 나간다는 뜻은.

서걱— 서걱—

처음엔 마왕의 위엄을 잔뜩 보여주었다. 압도적인 광역기로 무려 수만의 마족을 몰살시켰다.

이래도 되나 싶을 정도의 허망한 죽음들.

그 이후에 보이는 것은 증명이었다.

전대 마왕이 죽은 이유.

다섯 전설에게 무릎을 꿇고 마계로 도망치듯 돌아왔지만 그럼에도 불구하고 마계의 왕의 자리를 놓지 않고 있던 강자의 목숨을 앗아가고 새로운 왕좌에 앉은 어린 서큐버스 소녀의 길이 결코 행운과 계략만으로 이루어진 게 아니라는 증거.

그리고 그로킬레가 이전 마왕과의 만남에서 온전히 그녀의 자비로 살아남았다는 확인.

"끄아악!"

오로지 최상급 마족들.

수천의 마족 사이를 유유히 피해 다니며 최상급 마족들의 목만 전부 딴 에피아가 그제야 걸음을 멈췄다.

"……."

"……."

동시에 장내엔 고요한 침묵만이 맴돌았다.

그녀의 첫 여유 있던 걸음이 떼어진 지 불과 30분도 되지 않아 벌어진 일에 모두가 그녀의 걸음에 맞춰 멈춰 섰다.

호흡마저 에피아의 고른 숨결에 맞춰 쉰다.

지금 이 상황이 어떻게 흘러가고 있는지에 대해 모르는 마족은 단 한 명도 없었다.

그런 상황조차 파악하지 못할 마족이었으면 진즉 에피아의 광역기에서 깨어나지 못한 채 죽음을 맞이했을 것이다.

"마왕님을 뵙습니다."

"마왕님을 뵙습니다."

열두 최상급 마족의 목이 따였다. 수천의 마족 사이에서.

그것도 30분 만에.

모든 마족이 무기를 버리고 부복했다. 그들의 목소리엔 두려움과 경외가 가득했다.

모두가 부복하는 전장. 그 위에 홀로 서 있는 에피아의 모습은 여전히 고고했다.

그렇게 강화 도중 일어난 해프닝은 편집과 함께 스트리밍이 아닌 영상으로 올랐고 또 한 번 판타스틱 월드 커뮤니티와 수많은 게임 방송에 파란을 일으켰다.

　

－진짜 좋은 무기를 쓸 줄 아는 사람이 썼을 때의 무서움을 볼 수 있었다.

－거의 농락 수준인데? 일부러 다른 마족들은 건들지도 않고 최상급 마족들 목만 딴 거 아님?

－하악. 로리짱. 사랑해요.

－무서워야 하는데 왜 예쁘냐. 나 이렇게 로리의 세계로 가는 거냐.

－피에 물든 드레스. 쌍검을 타고 흐르는 핏방울. 몽환적이다.

　

올리는 영상들마다 대박이다.

게다가 한시민이 하는 거라곤 아무것도 없는, 강화를 했지만 사실상 마왕 혼자 알아서 떠다 먹여주는 영상!

유저들은 그 수준 높은 전쟁에 열광했고 감탄했다. 비록 최종 보스나 다름이 없는 마왕의 전투지만 그게 뭐가 중요하겠는가.

오히려 유저의 입장에선 더 반길 수밖에 없다.


-와, 최종 보스가 저렇게 세면 대체 판타스틱 월드는 언제 서버 종료하는 거지.

-저 정도 레벨이 되면 저만큼 강해질 수 있다는 거 아님? 대박이다.

-저런 아이템도 있을 수가 있구나.


마왕이라는 점만 제외하면 하나의 티저 영상이라고 봐도 무방하다. 마치 게임 오픈 전 유저들에게 꿈과 희망을 실어주는 그런 느낌이랄까.

하나 냉정하고 현실적인 사람들은 동시에 이 영상의 문제점을 금방 파악했다.

그들이 보는 영상의 본질. 어마어마한 전투에 가려져 있지만 꼭 확인하고 넘어가야 할 문제.


-그런데 지금 저런 괴물의 무기를 시민이 강화하고 있는 거냐?

-ㅋㅋㅋㅋㅋㅋㅋㅋㅋㅋㅋㅋㅋㅋㅋㅋㅋㅋㅋ 저거 고작 1강

올린 거라는데 15강 하면 어떻게 되는 거?

　─내가 알기론 12강부터는 오라 효과까지 추가되면서 이상한 옵션들도 붙던데.

　─야, 저거 막아야 하는 거 아니냐? 지금 대륙에서 시민 저 사람 구한다고 마계 게이트 열 준비하고 있던데. 까딱하다 마왕 넘어오면 어쩌냐?


　뭐 사소하다면 사소한, 다른 나라의 이야기 같은.

　천계에서도 난리가 났다.

　"아리아가?"

　"네, 천왕님. 현재 마계에서 마왕의 볼모로 잡혀 있다고 합니다."

　대륙의 이야기는 당연히 천계로도 올라간다.

　천왕이 미간을 찌푸렸다.

　"새로운 마왕의 사악함이 극에 달했던 소리는 들었으나 설마 서큐버스였을 줄이야. 간악하고 사악한 종족이 마계의 왕이 되었으니 어쩌면 천족을 볼모로 잡는 것은 당연한 일일지도. 방법은?"

"현재 대륙에서 아리아와 인간들을 구해오기 위해 게이트를 열 준비를 하고 있다고 합니다."

"흠, 그것만으로는 부족하지 않겠나?"

"볼모로 잡고 있다면 게이트를 열었을 때 빠져나올 수 있는 확률은 매우 낮다고 봐야 합니다."

"마왕과 접선을 준비하라."

"예, 천왕님."

상급 천족의 납치!

좀체 왕래가 없는 마계와 천계지만 수백 년 만에 차원과 차원을 잇는 수정구가 빛을 발했다.

천왕의 신성력을 한참이나 빨아들인 뒤 건너편의 상황을 비춰주는 수정구!

물론 상대 쪽의 동의가 있어야 하지만 천왕은 걱정하지 않았다.

무려 천왕이 먼저 거는 영상 통화다. 제아무리 마왕이라 한들 거절할 리가 있겠는가.

우웅―

수정구가 화면을 완성해 간다.

무려 차원과 차원을 잇는 일이다. 천왕의 신성력을 한참이나 빨아들여 마계로 향한 천왕의 신성력이 완성되었다.

팟―

준비가 완료되었다는 신호!

천왕이 외쳤다.

"건방진! 감히 네년이 우리 천족을 볼모로 잡고 있다 한들 원하는 바를 이룰……."

아쉽게도 패기 있는 외침은 끝까지 닿지 못했다.

"……?"

파지직.

마계의 모습을 비춰주려던 수정구가 노이즈와 함께 꺼졌다.

이것이 의미하는 바는 하나다.

천왕의 수정구가 망가졌다거나 오래돼서 먼지가 껴 오작동을 일으켰을 리는 없다.

그랬다면 신성력을 주입하면서 이미 깨졌겠지.

"……감히 천한 서큐버스 주제에 나의 연락을 무시해?"

자존심이 상했다. 동시에 수치심이 느껴졌다.

천왕이라고 뭐 있겠는가.

먼저 연락을 했는데 대놓고 씹혔다. 그게 뭐 천왕이라고 덜 수치스럽다거나 그러지는 않는다.

분노한 천왕이 천계의 기운을 빨아들였다. 천계에서 떨어진 신성력을 채우는 건 어려운 일이 아니다.

천계의 왕만이 할 수 있는 특권!

금세 바닥난 신성력을 채운 천왕이 다시 수정구를 작동시켰다.

또 안 받는다?

그런 게 지금 눈에 밟힐 리가 없다.

옆에 시중을 들던 천족들이 이미 까이는 걸 보았다. 이대로 가다간 천왕이 마왕에게 까였다는 소문이 천계에 공공연히 돌게 될 것이다.

아무리 천왕이 천계의 왕이라고 한들 마계와 마찬가지로 언제든 바뀔 수 있는 위치다. 그게 비록 마계처럼 약육강식은 아니라지만.

그렇기에 이미지가 더 중요하다.

파지직—

"……."

하나 그는 수치심에 생각지 못했다. 연결되지 않았다는 건 마왕이 그런 의지를 가졌다는 것이고 그렇다는 건 또 한 번 까여도 이상할 게 없다는 뜻.

"큼큼. 바쁜 모양이군."

모두가 불편한 분위기가 형성되었다.

피에 젖은 에피아가 손을 휘저었다.

"뭐 해?"

한시민이 물었다.

"아냐, 귀찮은 게 자꾸 앵앵거려서."

"그래?"

"응, 헤헤. 어때? 나 많이 강해졌지?"

"……어, 응. 그러네."

그리고 돌아오는 애교.

깜빡이도 켜지 않고 들어오는 애교에 한시민이 저도 모르게 한 걸음 물러섰다.

피가 뚝뚝 떨어지는 주제에 영상에서나 보았던 한껏 순수한 미소를 머금고 다가오며 물었기 때문이 아니다. 그럼에도 귀여웠기 때문이다.

뭔데 귀엽단 말인가. 수만의 마족 사체 위에 선 깡패 마왕이.

"역시 이래서 외모지상주의는 황금만능주의보다 무서워."

예쁘면 다 되는 세상!

분명 시청자들도 나중에 이를 영상으로 확인하며 그렇게 느낄 것이다.

눈 하나 깜빡 안 하고 수만의 동족, 그리고 부하들을 섬멸시키는 마왕이 귀여워 보이고 예뻐 보이다니.

게다가 이미 애교에 반쯤 넘어갔다. 슬슬 한시민을 전대 강화사에 대입해 행동하는 마왕을 군이 막지 않았다.

다가온 에피아가 슬쩍 한시민의 소매를 잡았다. 그러더니 눈짓을 주었다.

"응?"

"쟤네는 어떻게 할까?"

"……?"

에피아의 시선을 따라가니 여전히 부복하고 있는 수천의 마족이 눈에 들어왔다.

"죽여?"

뭐지? 이 호의는?

순간 한시민이 당황할 정도로 에피아가 친절하게 물었다.

갑작스러운 호의까지는 아니다. 스토리 퀘스트가 진행되면서 한시민이 극구 부인하지 않는 이상 자연스럽게 이렇게 될 상황이었다.

다만 한시민이 당황한 이유는 하나다. 이런 상황 자체가 어색하기 때문이다.

평생 살면서 언제 겪어봤겠는가.

그냥 앉아 있는데 누가 갑자기 와서 20억짜리 007 가방을 내려놓으며 묻는 기분이다.

'이거 어떻게 할까?'라고.

그럼 뭐 어쩌겠는가. 대답은 이미 정해져 있는데.

"진짜 내 맘대로 해도 돼?"

"응."

그래도 마지막으로 확인하고 고개를 끄덕인다.

"잘됐네."

상급 마족들과 중급 마족들.

"15강까지 빠르게 달려보자."

굳이 멀리까지 재료를 찾으러 가지 않아도 되고 말이야.

to be continued

# SUPER ACE
## 슈퍼에이스

예성 장편소설

야구 선수의 프로 계약금이 내 꿈을 정했다.

"왜 야구가 하고 싶니?"

"돈을 벌고 싶어요!
집을 살 수 있을 만큼!"

시작은 돈을 벌기 위해서였다.
하지만 이제는 꿈의 그라운드를 위해서
메이저리그 명예의 전당을 노린다!

# 쥐뿔도 없는 회귀

목마 퓨전판타지 장편소

불친절하기 짝이 없는 이세계 '에리아'.
그곳에 소환된 '이성민'.

13년의 생활 끝에 죽음을 맞이한 그에게
또 한 번의 기회가 주어졌다.

재능이 없다.
그러나 그에겐 13년의 기억이 있다.

우연처럼 엮인 필연이, 그리고 목적이
그를 앞으로, 더 높은 곳으로 나아가게 한다.

## 이성민은 무엇을 바라였는가.
## 무엇이 되고 싶었는가.

*"나는 다시 살아가 보고 싶다.
전생보다 나은 삶을."*